*Über dieses Buch* »Pavese behandelt ein Thema, das ihm besonders am Herzen liegt: den vergeblichen Versuch der jungen Ginia, aus der Einsamkeit ihres Ichs zu entfliehen und in der Hingabe an die Umwelt die Erfüllung ihrer Sehnsucht nach Selbstverwirklichung zu finden. Unter ihresgleichen, den Arbeitermädchen mit ihrem Sinn für das Praktische und ihren billigen Vergnügungen, wird sich Ginia ihrer Verlassenheit nur noch mehr bewußt. So fällt es Amelia, dem etwas älteren Malermodell, nicht schwer, die Suchende in einen freigeistigen Kreis von Malern und Nichtstuern einzuführen. Ginia verliebt sich in den Maler Guido, doch ihr kurzes Glück dauert nur einen Sommer lang. Es zerbricht an der gutmütigen Gleichgültigkeit des Malers und an Ginias Unfähigkeit, sich von den moralischen Wertbegriffen, in denen sie erzogen ist, zu lösen. Sie macht einen mutigen Versuch, ihre Skrupel zu überwinden, und entschließt sich, wie Amelia, dem Maler Modell zu stehen. Doch der Versuch endet in einer traurigen Farce, und das Bild der nackten und zitternden Ginia wird zum Symbol des in seine Einsamkeit und Ungeborgenheit zurückgestoßenen Menschen.« Kindlers Literatur Lexikon

*Der Autor* Cesare Pavese wurde 1908 in San Stefano Belbo/Cueno als Sohn eines Justizbeamten geboren, studierte Literaturwissenschaften in Turin, wurde Lehrer, anschließend Lektor bei Einaudi; wurde vom faschistischen Regime nach Kalabrien verbannt; neben reicher eigener Schriftstellertätigkeit zahlreiche Übersetzungen aus dem Englischen und Amerikanischen (darunter Defoe, Joyce, Steinbeck, Faulkner); wurde 1950 mit dem bedeutendsten italienischen Literaturpreis, dem Premio Strega, ausgezeichnet; wenige Monate später Selbstmord in einem Turiner Hotel.
Vom selben Autor sind im Fischer Taschenbuch Programm lieferbar: ›Der Genosse‹ (Bd. 5302), ›Am Strand‹ (Bd. 5303), ›Unter Bauern‹ (Bd. 5304), die beiden anderen Bände der ›Turiner Trilogie‹ ›Die einsamen Frauen‹ (Bd. 5303) und ›Der Teufel auf den Hügeln‹ (Bd. 5965) und die Erzählungen ›Der böse Blick‹ (Bd. 5347), ›Nacktheit‹ (Bd. 5349) und ›Die Selbstmörder‹ (Bd. 5348).

Cesare Pavese

# Der schöne Sommer

Aus dem Italienischen
von Charlotte Birnbaum

Fischer
Taschenbuch
Verlag

Die italienische Originalausgabe erschien 1949 unter dem Titel ›La bella estate‹ bei Giulio Einaudi Editore, Turin

15.–17. Tausend: August 1988

Ungekürzte Ausgabe
Veröffentlicht im Fischer Taschenbuch Verlag GmbH,
Frankfurt am Main, Mai 1985
Lizenzausgabe mit freundlicher Genehmigung der
Claassen Verlags GmbH, Düsseldorf

Umschlaggestaltung: Jan Buchholz / Reni Hinsch
Gesamtherstellung: Clausen & Bosse, Leck
Printed in Germany
ISBN 3-596-25899-5

# I

Damals war immerzu Festtag. Die Mädchen brauchten nur aus dem Haus zu treten und über die Straße zu gehen, da gerieten sie geradezu in einen Rausch; alles war, besonders nachts, so schön, daß sie, wenn sie todmüde heimkamen, noch immer hofften, daß irgend etwas passierte: daß ein Brand ausbräche, daß im Haus ein Kind geboren würde oder daß es womöglich mit einemmal Tag wäre und alle Leute auf die Straße kämen und man immerzu gehen und gehen könnte, bis zu den Wiesen, bis hinter die Hügel. »Ihr seid ja gesund, ihr seid jung«, sagten sie untereinander, »ihr seid Mädchen, ihr habt ja keine Sorgen.« Und ebenso grundlos lachte eine von ihnen, Tina, die lahm aus dem Krankenhaus gekommen war und daheim nichts zu beißen hatte; eines Abends war sie, als sie hinter den andern herhinkte, stehengeblieben und hatte angefangen zu weinen, weil Schlafen Unsinn wäre: es stiehlt der Freude Zeit.

Wenn Ginia von solchen Krisen befallen wurde, so ließ sie es sich nicht anmerken, sondern begleitete irgendeine der anderen nach Hause und redete und redete, bis sie nicht mehr wußten, was sie einander sagen sollten. So waren sie, wenn der Augenblick kam, sich zu verabschieden, schon eine Weile so gut wie allein, und Ginia kehrte ruhig nach Hause zurück, ohne die Gesellschaft zu vermissen. Die schönsten Nächte natürlich waren die vom Samstag, wenn sie tanzen gingen und man am nächsten Tag ausschlafen konnte. Doch so viel brauchte es gar nicht, und an manchen Morgen war Ginia, wenn sie aus dem Hause trat, um zur Arbeit zu gehen, schon glücklich über jenes Stück Straße, das auf sie wartete. Die anderen Mädchen sagten: »Wenn ich spät heimkomme, bin ich hinterher müde; wenn ich spät heimkomme, kriege ich was zu hören.« Aber Ginia war nie müde, und ihren Bruder, der nachts arbeitete, bekam sie nur beim Essen zu Gesicht, tagsüber schlief er. Gegen Mittag – Severino drehte sich im Bett um, wenn sie hereinkam – deckte Ginia den Tisch und aß mit großem Appetit; sie kaute gemächlich und horchte dabei auf die Geräusche im Haus. Die Zeit verging langsam, wie das in leeren Wohnungen so ist, und Ginia hatte Zeit, das Geschirr zu spülen, das im Aufwaschtisch wartete, ein bißchen Ordnung zu machen, sich dann auf dem Sofa unter dem Fenster langzustrecken und sich vom Ticken des Weckers aus dem anderen Zimmer einschläfern zu lassen. Manchmal schloß sie auch die Läden, damit es dunkel würde und sie noch mehr empfände, daß sie allein war. Rosa würde sowieso um drei Uhr die Treppe herunterkommen, an der Tür stehenbleiben und klopfen, leise, um Severino nicht zu wecken, bis sie antwortete, sie sei wach. Dann gingen sie zusammen aus dem Haus und verabschiedeten sich an der Trambahn.

Ginia und Rosa hatten nichts gemein als jenes Stück Straße und im Haar einen Stern von kleinen Perlen. Doch als sie einmal an einem Schaufenster vorüberkamen und Rosa sagte: »Wir sehen aus wie Schwestern«, merkte Ginia, daß jener Stern gewöhnlich war, und ihr wurde klar, daß sie einen kleinen Hut tragen müßte, wollte sie nicht auch wie eine Arbeiterin aussehen. Um so mehr, als Rosa, die noch von Vater und Mutter abhing, sich erst wer weiß wann einen würde kaufen können.

Wenn Rosa sie wecken kam, trat sie herein, falls es nicht schon zu spät war; und Ginia ließ sich beim Aufräumen helfen, wobei sie leise über Severino lachten, der, wie alle

Männer, nicht wußte, was es hieß, einen Haushalt ordentlich zu führen. Rosa nannte ihn ›dein Mann‹, um den Spaß noch weiterzutreiben; doch dann wurde Ginias Miene nicht selten finster, und sie erwiderte, alle Last vom Haushalt zu haben, aber keinen Mann, sei wenig lustig. Doch das sagte Ginia nur im Scherz – denn ihr Vergnügen war eben, in diesen Stunden wie eine Hausfrau daheim allein zu sein –, aber man mußte Rosa von Zeit zu Zeit begreiflich machen, daß sie keine kleinen Mädchen mehr waren. Nicht einmal auf der Straße wußte sich Rosa zu benehmen, sie zog Fratzen, lachte, drehte sich um – Ginia hätte sie prügeln mögen. Aber wenn sie zusammen tanzen gingen, war Rosa unentbehrlich, weil sie alle duzte, und ihre Verrücktheiten ließen die andern spüren, daß Ginia feiner war. Damals, in dem schönen Jahr, als sie selbständig zu leben begannen, hatte Ginia sehr bald gemerkt, worin sie sich von den anderen Mädchen unterschied: sie war auch zu Hause selbständig – Severino zählte nicht – und konnte mit sechzehn Jahren leben wie eine Frau. Darum also ließ sie sich, solange sie den Stern im Haar trug, von Rosa, weil sie sie vergnüglich fand, begleiten. Im ganzen Viertel gab es nicht eine, die so albern sein konnte wie Rosa – wenn sie wollte. Sie wurde schließlich mit einem jeden fertig, wenn sie lachte und in die Luft sah und ganze Abende nichts tat oder sagte, was nicht komisch war. Und sie war streitbar wie ein Hahn. »Was hast du, Rosa?« sagte irgendwer, während man wartete, daß die Tanzmusik wieder anfing. »Angst« – und die Augen traten ihr aus dem Kopf. »Dort hinten ist ein alter Mann, er starrt zu mir her, sicher wartet er nachher draußen auf mich, ich habe Angst.« Der andere glaubte ihr nicht. »Es wird dein Großvater sein.« – »Blöder Kerl!« – »Also tanzen wir!« – »Nein, ich habe Angst.« Dieser andere, das hörte Ginia, als sie halb herum getanzt waren, rief: »Du bist ein ganz freches Ding, eine richtige

Hexe, scher dich fort! Mach, daß du wieder in die Fabrik kommst!« Dann lachte Rosa und brachte auch die anderen zum Lachen, aber Ginia dachte beim Weitertanzen, daß eben die Fabrik ein Mädchen so herunterbringt. Übrigens brauchte man nur die Mechaniker anzusehen, auch die fingen eine Bekanntschaft damit an, daß sie solche Scherze machten.

War so einer dabei, dann konnte man sicher sein, daß eines der Mädchen, wenn es später wurde, in Wut geriet oder, wenn sie dümmer war, weinte. Sie hänselten sie wie Rosa. Immer wollten sie die Mädchen mit in die Wiesen nehmen. Reden konnte man mit ihnen nicht, man mußte sich sogleich verteidigen. Aber etwas war schön an ihnen: an manchen Abenden wurde gesungen, und sie sangen gut, besonders wenn Ferruccio mit der Gitarre kam, ein Großer, Blonder, der immer arbeitslos war – aber er hatte die Finger noch schwarz und zerschunden von der Kohle. Es schien unmöglich, daß diese groben Hände so gut sollten spielen können, und Ginia, die sie einmal, als sie alle zusammen vom Hügel zurückkamen, unter der Achsel gespürt hatte, hütete sich wohl, sie zu betrachten, während sie spielten. Rosa hatte ihr gesagt, Ferruccio habe sich zwei-, dreimal nach ihr erkundigt, und Ginia hatte geantwortet: »Sag ihm, er soll sich erst die Nägel putzen.« Das nächste Mal erwartete sie, daß Ferruccio darüber lachen würde, aber er hatte sie nicht einmal angesehen.

Doch eines Tages, als Ginia aus dem Schneideratelier kam und gerade ihren Hut mit beiden Händen zurechtrückte, lief ihr am Haustor Rosa entgegen. »Was ist los?« – »Ich bin aus der Fabrik weggerannt.« Sie gingen zusammen bis zur Trambahn, und Rosa sprach kein Wort mehr. Ginia, verärgert, wußte nicht, was sie sagen sollte. Erst als sie nahe beim Haus ausstiegen, sagte Rosa leise, und sie brummte es so vor sich hin, sie habe Angst, daß sie schwanger sei. Ginia nannte sie ein dummes Ding, und sie stritten sich an der Ecke. Doch nicht lange, denn Rosa hatte wohl nur so getan, um ihr einen Schrecken einzujagen; aber nun war Ginia erregter als sie, weil ihr schien, man habe vieles absichtlich vor ihr verborgen und sie als kleines Mädchen behandelt, während die anderen ihre Späße trieben, und ausgerechnet Rosa, die kein bißchen nach Höherem strebte! ›Ich bin mehr wert‹, sagte sich Ginia, ›mit sechzehn Jahren ist es zu früh. Um so schlimmer für sie, wenn sie sich wegwerfen will.‹ Das sagte sie sich, doch sie konnte nicht ohne Beschämung daran zurückdenken, denn die Vorstellung, die anderen Mädchen wären, ohne es je zu sagen, alle in die Wiesen gegangen, während ihr, die allein lebte, die Hand eines Mannes noch Herzklopfen verursachte – diese Vorstellung schnürte ihr die Kehle zu. »Warum hast du das damals zu mir gesagt?« fragte sie Rosa eines Nachmittags, als sie zusammen ausgingen. »Wem sollte ich es sonst sagen? Ich war übel dran.« – »Und warum hast du mir nicht früher etwas gesagt?« Rosa, die jetzt beruhigt war, lachte. Sie ging langsamer. »Wenn man nichts davon sagt, ist es schöner. Es bringt Unglück, darüber zu reden.« Ginia dachte: ›Sie ist eine Närrin. Jetzt lacht sie, aber erst wollte sie sich umbringen. Sie ist noch keine richtige Frau, bestimmt nicht.‹ Doch auch selbst dachte sie manchmal, wenn sie durch die Straßen ging: wie jung sind wir alle noch! Man sollte recht schnell zwanzig Jahre alt sein, um zu wissen, wie man sich zu benehmen hat.

Einen ganzen Abend beobachtete Ginia den Schatz von Rosa – Pino mit der krummen Nase, ein kleiner Kerl, der nur Billard zu spielen verstand und sonst nichts tat und aus dem Mundwinkel heraus sprach. Ginia begriff nicht, warum Rosa noch mit ihm ins Kino ging, nachdem sie ausprobiert hatte, was für ein Feigling er war. Ihr kam jener Sonntag nicht aus dem Sinn, als sie alle miteinander Boot gefahren waren: Pino hatte den Rücken so voller Sommersprossen, daß es aussah wie Ruß. Nun, da sie es von Rosa erfahren hatte, erinnerte sie sich, daß Rosa an jenem Tag mit ihm unter die Bäume gegangen war. Wie dumm von ihr, das nicht zu begreifen! Aber noch dümmer war Rosa, und sie sagte es ihr noch einmal am Eingang zum Kino.

Wenn man daran dachte: so oft waren sie Boot gefahren, man machte Unsinn, man lachte, man verulkte die Paare. Ginia, die auf die anderen Mädchen achtete, hatte Rosa und Pino nicht bemerkt. In der Mittagshitze war sie mit der lahmen Tina allein im Boot geblieben. Die anderen, Rosa inbegriffen, waren an Land gegangen, von wo man sie schreien hörte. Tina, die Rock und Bluse anbehalten hatte, sagte zu Ginia: »Wenn niemand kommt, ziehe ich mich aus und mache Sonnenbad.« Ginia sagte zu ihr, sie würde aufpassen, doch statt dessen horchte sie auf die Stimmen vom Land und wie sie still wurden. Es verging einige Zeit, alles auf dem ruhigen Wasser war still. Tina lag, ein Handtuch um die Hüften, in der Sonne. Da war Ginia aufs Gras gesprungen und barfuß ein paar Schritte gegangen. Die Stimme von Amelia, die alle anderen hinter sich hergezogen hatte, war nicht mehr zu hören. Ginia in ihrer Dummheit stellte sich vor, sie spielten Verstecken, sie hatte sie nicht gesucht und war auf das Boot zurückgekehrt.

## II

Von Amelia wußte man wenigstens, daß sie ein anderes Leben führte. Ihr Bruder war Mechaniker, doch sie erschien an den Abenden jenes Sommers nur dann und wann und war mit niemandem vertraut, aber mit allen lustig, denn sie war neunzehn oder zwanzig Jahre alt. Ginia hätte gern ihre Figur gehabt, vor allem ihre Beine, denen die feinen Strümpfe so gut standen. Immerhin – war Amelia im Badeanzug, so sah man ihre hervorstehenden Hüften, und äußerlich ähnelte sie ein wenig einem Pferd. »Ich bin arbeitslos«, sagte sie zu Ginia eines Abends, als diese ihr Kleid betrachtete, »ich habe den ganzen Tag Zeit, den Schnitt genau zu studieren. Ich habe zuschneiden gelernt, als ich wie du im Schneideratelier arbeitete. Das weißt du doch?« Ginia dachte, schön wäre es, wenn man sich die Kleider machen ließe, aber das sagte sie nicht. Sie gingen jedoch an jenem Abend zusammen ein Stück spazieren, und Ginia begleitete sie bis nach Hause, denn sie war noch ganz wach und dachte nicht an Schlaf. Es hatte geregnet, und der Asphalt und die Bäume waren alle wie abgewaschen: man spürte die Frische am Gesicht.

»Du gehst gern spazieren«, sagte Amelia lachend. »Was sagt dein Bruder Severino dazu?« – »Severino ist um diese Zeit auf Arbeit. Er brennt alle Straßenlampen an, und er überwacht sie auch.« – »Dann ist er es, der den Pärchen Licht macht? Wie ist er denn angezogen? Als Gasmann?« – »Aber nein«, sagte Ginia lachend, »er überwacht die Schalter in der Zentrale. Er sitzt die ganze Nacht vor einer Maschine.« – »Und ihr beide lebt allein? Hält er dir keine Moralpredigten?« Amelia redete so vergnügt drauflos, wie jemand es tut, der alle Welt kennt, und es fiel Ginia nicht schwer, sie zu duzen. »Bist du schon lange arbeitslos?« fragte sie.

»Eine Arbeit habe ich schon. Ich lasse mich malen.«

Wenn man das hörte, klang es wie ein Scherz, und Ginia sah sie an. »Wie denn malen?«

»Von vorn, im Profil; angezogen, ausgezogen. Das nennt man Modell stehen.«

Ginia hörte zu und tat, als sei sie erstaunt, damit sie ihr mehr davon erzählte; aber sie wußte sehr wohl, was Amelia damit sagte. Nur hätte sie nie geglaubt, daß sie mit ihr darüber spräche, denn Amelia hatte das zu keiner von ihnen je gesagt, und Rosa hatte das Geheimnis nur durch Pförtnersfrauen herausbekommen.

»Gehst du richtig zu einem Maler?«

»Ich ging«, sagte Amelia. »Aber im Sommer ist es billiger für ihn, draußen zu malen, und im Winter ist es zu kalt, nackt Modell zu stehen – also arbeitet man so gut wie nie.«

»Hast du dich ausgezogen?« – »Natürlich«, sagte Amelia.

Dann hakte sie Ginia unter und erzählte weiter: »Als Arbeit ist es schön, weil du nichts tust und auf das hörst, was geredet wird. Einmal ging ich zu einem, der hatte ein großartiges Atelier, und wenn Leute kamen, tranken sie Tee. Man lernt es, in dieser Welt zu leben – besser als im Kino.«

»Kamen sie herein, während du Modell standest?«

»Sie haben natürlich erst gefragt. Das Schönste sind die Frauen. Hast du gewußt, daß auch Frauen Bilder malen? Sie bezahlen ein Mädchen, damit sie sie nackt malen können. Aber warum stellen sie sich nicht selber vor den Spiegel? Ich würde es noch verstehen, wenn sie einen Mann malten.«

»Vielleicht malen sie die auch«, sagte Ginia.

»Mag sein«, sagte Amelia, blieb vor dem Haustor stehen und blinzelte Ginia zu. »Aber für bestimmte Modelle zahlen sie das Doppelte. Na ja, die Welt ist schön, weil sie so bunt ist.«

Ginia fragte, warum sie sie nicht einmal besuchte, und machte sich auf den Heimweg; den regenfeuchten Asphalt, über den sie ging, hatte die milde Wärme der

Nacht schon fast getrocknet. ›So alt sie ist, von ihren Angelegenheiten erzählt sie viel zuviel‹, dachte Ginia und war von der Erkenntnis befriedigt. ›Wenn ich ihr Leben führte, wäre ich schlauer.‹

Ginia war etwas enttäuscht, als sie merkte, wie die Tage vergingen, ohne daß Amelia sie besuchen kam. Sie begriff, daß sie an jenem Abend gar nicht Freundschaft hatte schließen wollen; doch dann bedeutet das, dachte sie, daß sie diese Dinge einem jeden erzählt und also wirklich töricht ist. Vielleicht hält sie mich für ein kleines Mädchen, so eins, das alles glaubt. Und Ginia erzählte eines Abends den anderen Mädchen, sie habe in einem Geschäft ein Bild gesehen, bei dem, das merke man, Amelia Modell gestanden habe. Alle glaubten es ohne weiteres – doch Ginia hatte damit ausdrücken wollen, sie habe sie an ihrer Figur erkannt, denn wenn das Modell nackt sei, veränderten die Maler in der Regel das Gesicht. »Oho, als ob sie darauf Rücksicht nähmen«, sagte Rosa, und alle zogen sie wegen ihrer Harmlosigkeit auf. »Ich wäre zufrieden, wenn ein Maler mich malte und auch noch dafür bezahlte«, sagte Clara. Dann redeten sie darüber, ob Amelia schön sei, und Claras Bruder, der mit ihnen im Boot gewesen war, sagte, nackt sei zweifellos er schöner. Alle lachten, und Ginia sagte: »Wäre sie nicht gut gewachsen, würde ein Maler sie nicht malen.« Doch keiner hörte auf sie. Den ganzen Abend fühlte sie sich gedemütigt, und sie hätte vor Wut weinen mögen; aber die Tage vergingen, und als sie Amelia wieder traf – sie stieg gerade aus der Trambahn –, gingen sie ein Stück miteinander und redeten. Ginia war sogar eleganter als Amelia, denn diese trug den Hut in der Hand und zeigte beim Lachen die Zähne.

Am darauffolgenden Nachmittag kam Amelia sie besuchen. Es war heiß, sie stand plötzlich in der Tür, die offen war, und Ginia sah sie vom dunklen Zimmer aus, ohne daß man sie selbst sehen konnte. Sie begrüßten einander freudig, die Fensterläden wurden aufgesperrt, und nun sah sich Amelia um, wobei sie sich mit dem Hut Kühlung zufächelte. »Die Idee mit der offenstehenden Tür gefällt mir«, sagte Amelia. »Du bist gut dran. Bei mir zu Hause könnte man das nicht, wir wohnen im Erdgeschoß.« Dann spähte sie in das andere Zimmer, in dem Severino schlief, und sagte: »Bei uns geht es zu wie auf dem Jahrmarkt. Wir sind in zwei Zimmern zu fünft, ohne die Katzen.« Als es Zeit war, gingen sie zusammen aus dem Haus, und Ginia sagte: »Wenn du dein Erdgeschoß satt hast, komm mich besuchen; hier hat man Ruhe.«

Das sagte sie zu Amelia nicht etwa darum, weil sie die Ihren schlechtmachen wollte, sondern weil sie froh war, daß sie einander verstanden. Und Amelia sagte weder ja noch nein, aber sie lud sie zu einer Tasse Kaffee ein, ehe ihre Trambahn kam. Dann ließ Amelia sich weder am nächsten noch am übernächsten Tag blicken. Doch eines Abends erschien sie ohne Hut, setzte sich aufs Sofa und bat lachend um eine Zigarette. Ginia war dabei, das letzte Geschirr zu spülen, und Severino rasierte sich. Die Zigarette gab er ihr und brannte sie ihr mit nassen Fingern an, und sie machten alle drei Späße über die Lampen. Severino mußte weg, doch er fand noch Zeit, Ginia zu sagen, sie solle nicht die Nacht durchbummeln. Amelia sah ihm amüsiert nach.

»Gehst du nie in ein anderes Tanzlokal?« sagte sie zu Ginia. »Die Jungen damals waren ganz nett, aber sie rücken einem zu sehr auf den Leib. Genau wie deine Freundinnen.«

Sie gingen in die Stadt, beide ohne Hut, immer im kühlen Schatten der Alleen, und zum Anfang nahmen sie ein Eis, betrachteten, während sie daran leckten, die Leute und lachten. Mit Amelia war alles leichter, man amüsierte sich richtig mit ihr, als wäre dies das Allerwichtigste, oder als sollte an einem solchen Abend allerlei geschehen. Amelia war zwanzig Jahre alt und ging und blickte ziemlich keck, Ginia wußte, sie konnte sich auf sie verlassen. Amelia hatte wegen der Hitze nicht einmal Strümpfe angezogen; wenn sie an einem Tanzlokal vorübergingen – an einem, wo das Orchester nur leise spielt und auf den Tischen kleine, abgeschirmte Lampen stehen –, hatte Ginia Angst, sie müsse sie dahinein begleiten. Nie war sie in einem solchen Lokal gewesen, sie hielt den Atem an. Amelia sagte: »Willst du etwa hier hineingehen?«

»Es ist heiß, und wir sind nicht danach angezogen«, sagte Ginia.

»Gehen wir spazieren, das ist schöner.«

»Ich habe auch keine große Lust dazu«, sagte Amelia, »aber was tun wir? Du willst doch wohl nicht an einer Ecke stehenbleiben und hinter den Leuten herlachen, die vorüberkommen?«

»Was möchtest du denn?«

»Wären wir nicht Frauen, dann hätten wir ein Auto und würden um diese Zeit an einem der Seen sein und baden.«

»Bummeln wir also und erzählen uns was dabei«, sagte Ginia.

»Wir könnten auf den Hügel gehen, einen Wein trinken und ein bißchen singen. Magst du Wein?«

»Nein«, sagte Ginia, und Amelia sah auf den Eingang zu dem Saal. »Ein Gläschen Likör trinken wir doch. Los, komm. Wer sich langweilt, ist selbst daran schuld.« Das Gläschen tranken sie im ersten Café, das sie fanden, und als sie wieder herauskamen, spürte Ginia in der Luft eine Frische, von der vorher nichts zu spüren gewesen war, und dachte: ›Wie schön, daß Likör im Sommer das Blut erfrischt!‹ Dabei erklärte ihr Amelia, jemand, der den ganzen Tag nichts tue, habe das Recht, sich wenigstens am Abend zu zerstreuen, aber es gebe manchmal einen Augenblick, da überkomme eine Frau die Angst vor der Zeit, die vergehe, und sie wisse nicht mehr, ob es der Mühe wert sei, so zu hasten. »Geht es dir auch so?« – »Ich haste nur zur Arbeit«, sagte Ginia, »ich amüsiere mich so wenig, daß ich nicht die Zeit habe, darüber nachzudenken.« – »Du bist noch jung«, sagte Amelia, »mir geht es so, daß ich nicht stillhalte, auch wenn ich arbeite.«

»Wenn du Modell stehst, hältst du still«, sagte Ginia, während sie weitergingen.

Amelia mußte lachen. »Wo denkst du hin! Am tüchtigsten sind die Modelle, die den Maler zur Verzweiflung bringen. Wenn du dich nicht immer wieder bewegst, vergißt er, daß du ihm sitzt, und behandelt dich wie ein Dienstmädchen. Wer sich zum Schaf macht, den frißt der Wolf.«

Ginia antwortete einfach mit einem Lächeln, doch sie erstickte beinahe an einer Frage, der sie weniger widerstehen konnte als dem Likör. Da sagte sie zu Amelia, ob sie sich nicht ins Kühle setzen und noch ein Gläschen trinken wollten. »Aber ja«, sagte Amelia. Sie tranken es an der Bar, denn das kostete weniger.

Nun fühlte sich Ginia erhitzt genug, daß sie zu Amelia, als sie hinausgingen, mühelos sagen konnte: »Ich wollte dich etwas fragen. Ich möchte zusehen, wenn du Modell stehst.«

Sie sprachen noch eine Weile darüber, und Amelia lachte, weil ein Modell, ob es nun nackt oder bekleidet ist, wohl Männer interessiert, aber nicht ein anderes Mädchen. Ein Modell hält still, was gibt es da zu sehen? Ginia sagte, sie wolle zuschauen, wie der Maler sie male: sie habe nie Farben handhaben sehen, das müsse schön sein. »Nicht heute oder morgen«, sagte sie, »jetzt bist du arbeitslos. Aber wenn du wieder zu irgendeinem Maler gehst, mußt du mir versprechen, daß du mich mitnimmst.« Wieder lachte Amelia und sagte, was die Maler betreffe, so sei das das wenigste: sie wisse, wo sie wohnten, und könne sie dorthin mitnehmen. »Aber sie sind Luder, nimm dich in acht.« Auch Ginia lachte.

Dann setzten sie sich auf eine Bank, aber niemand kam vorüber, denn es war weder früh noch spät. Zum Schluß gingen sie in ein Tanzlokal auf dem Hügel und verbrachten den Abend dort.

## III

Seit damals kam Amelia oft, sie abzuholen, damit sie miteinander ausgehen oder reden könnten. Sie trat ins Zimmer, sprach laut und ließ Severino nicht schlafen. Erschien Rosa am Nachmittag, um nach Ginia zu rufen, so fand sie die beiden schon bereit, auszugehen. Amelia rauchte ihre Zigarette zu Ende, wenn sie eine hatte, und gab Rosa, die ihr die Geschichte von ihrem Pino erzählt hatte, Ratschläge. Man merkte, Amelia war nicht gern in ihrer Portiersloge, und da sie den ganzen Tag nichts zu tun hatte, begnügte sie sich mit der Gesellschaft von ihnen beiden. Auch Rosa wurde von Amelia verulkt, wenn sie allein waren; Amelia tat dann zum Spaß so, als glaube sie nicht an ihre Geschichten, und lachte ihr ins Gesicht.

Ginia wurde mit Amelia vertraut, sobald sie sich davon überzeugte, daß diese, so lebhaft sie tat, ein armes Ding war. Das merkte Ginia nun schon, wenn sie ihr in die Augen oder auf den schlecht geschminkten Mund sah. Amelia ging ohne Strümpfe, aber nur, weil sie keine besaß; sie trug immer jenes schöne Kleid, eben weil sie kein anderes besaß. Von alledem überzeugte sich Ginia, als ihr einmal bewußt wurde, daß auch sie sich, wenn sie ohne Hut ausging, unternehmungslustiger vorkam. Rosa hatte Amelia sofort richtig eingeschätzt; sie sagte, und damit fiel sie ihr recht auf die Nerven: »Na, es ist der Mühe wert, so ein Leben zu führen, um sich dann ins Bett zu legen, wenn das Kleid einen Riß hat!« Etliche Male fragte Ginia sie, warum sie nicht wieder Modell stehe, und Amelia sagte ihr, wenn man Arbeit finden wolle, dürfe man nicht arbeitslos sein.

Das wäre schön gewesen: den ganzen Tag nichts tun, zusammen ausgehen und umherspazieren in der Zeit, wenn es kühler wird, aber so elegant sein, daß, während sie die Schaufenster ansahen, die Leute sie beide ansähen. »So frei sein, wie ich es bin, bringt mich in Wut«, sagte Amelia. Ginia hätte viel darum gegeben, wenn Amelia mit Lust von allerlei Dingen gesprochen hätte, die auch ihr gefielen, denn die wahre Vertrautheit besteht darin, zu wissen, was ein anderer sich wünscht, und wenn einem Menschen die gleichen Dinge gefallen, fühlt man sich ihm gegenüber freier. Aber Ginia war nicht sicher, ob Amelia, wenn sie gegen Abend unter die Lauben gingen, das beachtete, was sie selbst beachtete. Nie konnte man darauf schwören, ob ihr jener Hut oder jener Stoff gefiel, und immer mußte man gewärtig sein, daß sie lachte, wie sie es bei Rosa tat. Amelia war ja den ganzen Tag allein, sie konnte also nie sagen, was sie gern täte, oder wenn sie sprach, sprach sie nicht im Ernst. »Hast du je, wenn du auf jemanden wartest, aufgepaßt, wie viele Schweinsfratzen und Hühnerbeine vorbeigehen? Das ist ein Vergnügen!« Vielleicht machte Amelia nur Spaß, aber vielleicht stimmte es, daß sie manche Viertelstunde so zubrachte, und Ginia dachte schließlich, sie sei recht töricht gewesen, sich an jenem Abend anmerken zu lassen, wie gern sie zuschauen würde, wenn jemand malte.

Gingen sie aus, so war es nun Amelia, die das eine oder

andere Ziel wählte, und Ginia ließ sich aus Gefälligkeit dahin oder dorthin führen. Als sie einmal in das Tanzlokal jenes Abends traten, erkannte Ginia, die es doch damals so vergnüglich gefunden hatte, Lampen und Orchester zunächst nicht wieder, ihr gefiel nur eben die Kühle, die von den offenen Balkonen kam. Das heißt, sie fand, sie sei nicht gut genug angezogen, um zu den kleinen Tischen hinunterzugehen; aber Amelia war mit einem jungen Mann ins Gespräch gekommen, der sie duzte, und als die Musik aufhörte, tauchte ein anderer auf, der ihnen zuwinkte. Amelia drehte sich um und sagte: »Kennt der dich?« Da war Ginia froh, daß jemand sie wiedererkannt hatte; doch der junge Mann war verschwunden, und ein anderer, der ihr zuwider war – er hatte mit ihr getanzt –, ging eilig vorüber, ohne sie zu sehen. Ginia schien es, an dem ersten Abend hätten sie sich nur eben zum Verschnaufen an ein Tischchen gesetzt, jetzt aber warteten sie schon eine Zeitlang am Fenster, und Amelia, die sich dann doch als erste setzte, sagte laut: »Auch das ist ein Vergnügen!« Gewiß, die andern in jenem Saal waren nicht besser gekleidet als Amelia, und viele hatten keine Strümpfe an, aber Ginia sah besonders auf die weißen Jacken der Kellner und dachte an die vielen Autos, die draußen standen. Dann merkte sie, wie töricht es von ihr war, zu hoffen, dort unter den Menschen wäre Amelias Maler.

In jenem Jahr war es so heiß, daß man jeden Abend ausgehen mußte, und Ginia meinte, nie zuvor begriffen zu haben, was der Sommer ist, so schön war es, jede Nacht aus dem Haus und in den Alleen spazierenzugehen. Manchmal dachte sie, dieser Sommer werde nie ein Ende nehmen, und zugleich, man müsse ihn schnell genießen, denn wenn die Jahreszeit wechsle, werde bestimmt etwas geschehen. Darum ging sie nie mehr mit Rosa in den alten Saal oder in ihr Kino, sondern sie verließ das Haus manchmal allein und ging rasch in ein Kino in der Stadt. Wenn Amelia das tat, konnte sie es auch tun. Amelia erschien eines Abends und sagte zu ihr, als sie aus dem Haus traten: »Gestern habe ich Arbeit gefunden.«

Ginia war nicht erstaunt. Sie hatte es erwartet. Sie fragte ruhig, ob sie sofort beginne. »Schon heute früh begonnen«, sagte Amelia. »Zwei Stunden.« – »Da bist du froh«, sagte Ginia.

Dann fragte sie sie, was für ein Bild gemacht werde. »Kein Bild. Er macht Zeichnungen von mir. Er zeichnet das Gesicht. Ich rede, und alle Augenblicke wirft er ein Profil hin. Es ist keine Arbeit für länger.« – »Dann stehst du gar nicht Modell?« fragte Ginia. »Meinst du denn«, sagte Amelia, »Modell stehe man nur, wenn man sich auszieht und nackt dasteht?«

»Gehst du morgen wieder hin?« fragte Ginia.

Amelia ging am übernächsten Tag und dann noch etliche Male dorthin. Am Abend danach sprach sie lachend davon und erzählte von dem Maler: der stand nie still, und er fragte sie, ob jemals einer sie auf diese Art gezeichnet habe, indem er hin und her ging, wie er es tat. »Heute früh hat er einen Akt von mir gemacht. Er gehört zu denen, die alles ganz genau wissen, aber nur langsam vorankommen. Doch dann bringen sie dich mit vier Zeichnungen aufs Papier und brauchen dich nicht mehr.« Ginia fragte sie, wie er aussehe, und Amelia sagte: »Ein kleines Männchen.« – »Wie hast du ihn ausfindig gemacht?« – »Durch Zufall. Hol mich morgen ab«, sagte Amelia. Sie machten aus, Samstag nachmittag miteinander hinzugehen.

An diesem sonnigen Nachmittag brachte Amelia sie unterwegs immerzu zum Lachen. Über eine Wendeltreppe gelangten sie in einen großen, halbdunklen Raum, der nur im Hintergrund, wo die Vorhänge einen Spalt freiließen, etwas Licht erhielt. Ginia war mit klopfendem Herzen auf

einer der letzten Stufen stehengeblieben. Amelia rief laut »Guten Tag« und ging im Halbdunkel bis zur Mitte des Raumes; da kam hinter dem Vorhang ein Mann hervor – dick und mit einem grauen Bärtchen – und sagte, wobei er abwehrend die Hände bewegte: »Nichts zu machen, ihr Mädchen. Heute haue ich ab.« Er trug ein helles, grobes Hemd; als er sich umdrehte und den Vorhang etwas beiseite schob, um Licht hereinzulassen, erschien das Hemd schmutzig gelb. »Heute wird nicht gearbeitet. Heute muß man an die Luft.«
Ginia stand noch immer an derselben Stelle. Gegen das Licht sah sie in einiger Entfernung Amelias Beine. Leise sagte sie vor sich hin: »Amelia, gehen wir!«
»Ist das die kleine Freundin, die mich gern kennenlernen will? Aber sie ist ja noch ein Kind! Laß dich bei Licht besehen.«
Ginia stieg zögernd die letzte Stufe hinauf und spürte die grauen, neugierigen Augen auf sich gerichtet – sie wußte nicht recht, ob ein alter Mann immer so blickt oder ob dieser hier besonders verschmitzt war. Nun hörte sie, wie Amelia ärgerlich und mit scharfer Stimme sagte: »Wir waren doch verabredet!«
»Was macht das schon!« sagte der Maler. »Was macht das schon! Auch ihr seid einmal müde. Schaffen muß man in Ruhe. Bist du nicht froh, wenn du ausruhen darfst?«
Da setzte sich Amelia im Schatten der Vorhänge auf einen Stuhl, und Ginia schien es, als stehe sie hier wer weiß wie lange; sie wußte nicht, was sie mit den Blicken der beiden anfangen sollte, die bald aufeinander, bald auf sie gerichtet waren. Ihr schien, dieser Mann treibe irgendein Spiel, doch nicht mit ihnen; er sprach noch mit Amelia, sprach ruckweise, sagte immerzu: »Was macht das schon!« Dann plötzlich sprang er, klein wie er war, mit einem Satz nach hinten und zog den Vorhang wieder beiseite. In dem gro-

ßen leeren Raum roch es nach frischem Kalk und nach Firnis.

»Wir sind verschwitzt«, sagte Amelia, »laß uns wenigstens Zeit, daß wir uns abkühlen. Nicht wahr, Ginia?« Während sie noch sprach, drehte sich der Mann mit dem Bärtchen wieder um und öffnete die Scheiben, die nach dem Himmel zu gingen. Amelia, die Beine übereinandergeschlagen, sah zu dem Maler hin und lachte. Vor dem Fenster stand eine Staffelei, darauf eine Leinwand, mit Farbflecken bedeckt, die daraufgekleckst und wieder weggekratzt waren. »Wenn du jetzt nicht arbeitest, wo Licht ist, wann willst du dann arbeiten?« sagte Amelia. »Ich wette, du betrügst mich mit einem anderen Modell.« – »Mit der ganzen Welt betrüge ich dich«, rief der Maler, wobei er sich nach einem Kasten unter der Staffelei bückte. »Meinst du, du hättest mehr Wert als ein Baum oder ein Pferd? Ich arbeite auch, wenn ich spazierengehe, was meinst du wohl!« Er kramte in dem Kasten und warf Skizzenblätter, Schachteln, Pinsel heraus. Amelia sprang von ihrem Stuhl auf, nahm den Hut ab und blinzelte zu Ginia hinüber. »Warum machst du nicht eine Skizze von meiner Freundin?« sagte sie lachend. »Sie hat noch nie jemandem gesessen.« Der Maler hatte sich umgedreht. »Gewiß tue ich das«, sagte er. »Ihr Ausdruck interessiert mich.«

Er nahm einen Bleistift zur Hand und begann Ginia in einiger Entfernung zu umkreisen, den Kopf schief haltend, wobei er sich leicht über den Bart strich, und betrachtete sie starren Blicks wie ein Kater. Ginia stand in der Mitte des Raumes und wagte sich nicht zu rühren. Dann sagte er, sie solle mehr ins Licht kommen, warf, ohne sie aus dem Auge zu lassen, ein Blatt auf die Leinwand der Staffelei und begann zu zeichnen. Am Himmel sah man eine gelbe Wolke und Dächer; Ginia starrte klopfenden Herzens auf jene Wolke, hörte, daß Amelia irgendwo im Zimmer etwas sagte, hin und her ging und schnaufte, sah jedoch nicht zu ihr hin.

Als Amelia ihr zurief, sie solle sich die Zeichnung anschauen, mußte Ginia die Augen schließen, um sich wieder an das Halbdunkel zu gewöhnen. Dann beugte sie sich langsam über das Blatt und erkannte ihren Hut, aber das Gesicht erschien ihr fremd, ein verschlafenes Gesicht, ohne Empfindung, der Mund geöffnet, als spräche er im Schlaf. »Das ist merkwürdig«, sagte Barbetta, das Männchen mit dem Bart, »hat dich wirklich nie jemand gezeichnet?« Er ließ sie den Hut abnehmen und sagte, sie solle sich setzen und mit Amelia reden. Als beide saßen, blickten sie einander an, sie hatten Lust, zu lachen, und jener dort füllte weitere Blätter mit Skizzen. Amelia gestikulierte und sagte ihr, sie solle nicht daran denken, daß sie Modell sitze.

»Merkwürdig«, sagte Barbetta noch einmal und sah verstohlen hin, »man könnte sagen, das jungfräuliche Profil ist ohne eine bestimmte Form.« Ginia fragte Amelia, ob sie nicht auch sitzen werde, und Amelia sagte laut: »Heute hat er dich gefunden. Da läßt er gewiß nicht locker.« Weil sie ja doch redeten, fragte Ginia sie, ob man die Bilder sehen könne, die früher von ihr gemacht worden seien. Da erhob sich Amelia und holte hinten im Zimmer eine Mappe. Sie öffnete sie ihr auf den Knien und sagte: »Hier, sieh!«

Ginia wandte etliche Blätter um, und beim vierten oder fünften war sie ganz durchschwitzt. Sie wagte nicht zu sprechen, denn sie spürte die grauen Augen jenes Mannes auf sich. Auch Amelia sah sie wartend an. Endlich sagte sie: »Gefallen sie dir?«

Ginia hob das Gesicht und versuchte zu lächeln. »Ich kenne dich so nicht«, sagte sie. Dann ließ sie alle Blätter,

eins ums andere, noch einmal durch die Hände gehen. Als sie damit fertig war, war sie ruhiger. Immerhin – Amelia stand ja vor ihr, bekleidet, und lachte.
Ganz dumm fragte sie: »Hat er sie gemacht?« Amelia verstand nicht und erwiderte laut: »Ich gewiß nicht.«
Als Barbetta fertig gezeichnet hatte, wäre Ginia gern noch einmal so vom Licht geblendet gewesen wie zuvor, um die Augen zu schließen und zu warten. Aber Amelia rief, sie solle herkommen, und vor dem großen Blatt staunte auch Ginia. Da war immer wieder ihr Kopf, auf das Blatt hingeworfen, wie es dem Maler gerade eingefallen war, einmal mit einer Wendung des Halses, manchmal eine Grimasse, wie sie sie nie gemacht hatte, aber Haare, Wangen, Nasenflügel waren wirklich die ihren. Sie blickte zu Barbetta hin; er lachte, und es schien ihr unmöglich, daß dies die gleichen grauen Augen waren wie zuvor.
Dann hätte sie Amelia am liebsten geprügelt: diese begann grob zu werden, sie bestand darauf, eine Stunde sei eine Stunde, und Ginia arbeite, weil sie davon leben müsse. Ginia warf ein, sie sei zufällig mit ihr hergekommen und wolle ihr nicht ins Handwerk pfuschen. Barbetta lachte sich eins und sagte, er müsse fort. »Kommt, ich zahle euch ein Eis. Aber dann gehe ich auf und davon.«

## IV

Am Morgen danach gingen sie zusammen wieder hin, denn diesmal mußte Amelia Modell stehen. »Wehe dir«, sagte Amelia zu ihr, »wenn du mir noch einmal den Arbeitsplatz wegnimmst! Dieser jämmerliche Kerl weiß, daß du dich mit Eis begnügst, und macht es sich zunutze, daß du noch Jungfrau bist.« Ginia war nicht mehr so zufrieden wie zuerst, sie hatte, kaum war sie wach, an ihre Bilder gedacht, die unter den Aktzeichnungen von Amelia geblieben waren, und an das schreckliche Herzklopfen, das sie gehabt hatte. Ein ganz klein wenig hoffte sie, sie könne sich die Blätter, auf denen ihr Gesicht skizziert war, schenken lassen – weniger, um sie zu besitzen, als damit sie nicht dort inmitten der anderen der Neugier eines jeden ausgesetzt wären. Sie konnte nicht einsehen, daß ausgerechnet Barbetta, dieser fette alte Papa, Amelias Beine, Rücken, Bauch, Brustwarzen gezeichnet, ab und zu etwas weggewischt und dann richtig genüßlich aufs Papier geworfen hatte. Sie wagte nicht, ihr ins Gesicht zu sehen. Jene grauen Augen, jener Zeichenstift hatten Amelia festgehalten, abgeschätzt und abgesucht, schamloser als ein Spiegel, und sie hielt still oder zappelte gar und redete drauflos.

»Störe ich euch heute morgen nicht?« fragte sie, während sie auf die Haustür zutraten.

»Hör mal«, sagte Amelia zu ihr, »wolltest du mich Modell stehen sehen oder wolltest du es nicht? Ein andermal werde ich mich schön hüten, mich mit Familientöchtern einzulassen.«

Im Atelier waren alle Oberlichtscheiben aufgesperrt und die Vorhänge weggezogen, und während sie auf Barbetta warteten, erschien die alte Putzfrau, um sie im Auge zu behalten. Ginia überlegte, wohin sich Amelia wohl stellen würde, aber Amelia redete schon mit der Alten und hieß sie die Fenster schließen, weil die frische Morgenluft das Zimmer auskühlte. Die Frau sprach nicht, sondern brummte nur und schaute so muffig und widerborstig drein, daß Amelia ihr ins Gesicht lachte.

Endlich kam Barbetta, fuhr in den Kittel und begann heftig überall Hand anzulegen, die Staffelei wurde nach hinten getragen, und es erschien die Palette. Dort hinten im Atelier stand ein Bettsofa; alle Vorhänge wurden zugezo-

gen außer dem letzten, so daß das Licht ganz auf jene Ecke fiel. Ginia fühlte sich in der Unruhe recht überflüssig, und ihr schien, auch die Alte sehe sie scheel an.
Als die Alte ging, zog Amelia sich am Sofa aus, und Ginia betrachtete die große Hand Barbettas, der, einen Kohlestift leicht in den Fingern haltend, ein weißliches Papier auf der Staffelei grundierte. Barbetta sagte zu ihr, ohne sie anzublicken, sie solle sich setzen, und auch Amelia sprach irgend etwas. Ginia sah vom Fenster auf die Dächer, als sitze sie selber wieder Modell, und dachte, sie sei doch recht töricht. Sie gab sich einen Ruck und drehte sich um.
Ihr erster Gedanke war, Amelia müsse frieren und Barbetta sehe kaum zu ihr hin; hier störte wirklich nur sie, weil sie aus purer Neugier mitgekommen war. Amelia wirkte, dunkel wie sie war, schmuddelig, und sie anzusehen war peinlich. Sie saß auf dem Sofa, die Arme auf einer Stuhllehne und das Gesicht abgewandt, und zeigte gut das Bein vom Schenkel bis zur Ferse und die ganze Seite und die Achselhöhle.
Nach einer Weile langweilte sich Ginia. Sie schaute zu, wie Barbetta wegwischte und neu zeichnete, betrachtete seine Stirn, die einen gesammelten Ausdruck hatte, lächelte Amelia zu, diese lächelte zurück – aber sie langweilte sich. Das Herzklopfen kam wieder, als Amelia zum erstenmal aufstand, sich reckte und die Schlüpfer aufhob, die vom Sofa heruntergefallen waren; aber es war ein ganz dummes Herzklopfen, sie hätte es genauso gehabt, wenn sie beide allein gewesen wären – das Herz klopfte ihr, weil sie merkte: wir sind alle gleich geschaffen, und jeder, der Amelia nackt gesehen hätte, konnte genausogut meinen, er sähe sie, Ginia. Allmählich konnte sie nicht mehr stillsitzen.
Amelia hielt den Kopf wieder auf den Arm gelehnt und

rief zu ihr hin: »Ciao Ginia.« Dies genügte ihr, um sich wieder wohl und ruhig zu fühlen. Kurz zuvor hatte sie bemerkt, daß Amelias Schienbeine gerötet waren – ob sie, wenn sie sich auskleiden müßte, genauso aussah? ›Ich habe jüngere Haut‹, sagte sie sich. Dann fragte sie laut: »Hat er dich jemals gemalt, richtig mit Farben?«
Barbetta erwiderte: »Die Farben studiert man nicht hier. Die kommen vom Fenster mit der Sonne herein. Hier drinnen gibt es keine Farben.« – »Natürlich, dazu ist er zu geizig«, sagte Amelia. »Farben kosten Geld.« – »Nun hör schon auf«, rief der Alte. »Der Grund ist der, daß man vor der Farbe Achtung haben muß.
Du weißt ja nicht einmal, was Farbe ist, außer daß du dich selber anmalst; wenn du das wegwischt, ist es mit der Farbe aus. Diese kleine Blonde hat mehr davon.«
Amelia zuckte nur, ohne den Kopf zu bewegen, die Achseln.
Dann hörte man von irgendwoher, von jenseits der Dächer, eine Sirene, und Ginia begann umherzugehen und fand auf dem Fensterbrett die Skizzen, die er von ihr gemacht hatte, aber sie wagte nicht, darum zu bitten. Als sie sie durchblätterte, sah sie die von Amelia wieder, verglich sie im stillen und fragte sich, ob Amelia wirklich jene Stellungen eingenommen hatte, von denen ihr manche wie Gymnastik erschienen. Möglich, daß ein Alter wie Barbetta sich damit vergnügte, Mädchen zu zeichnen und zu studieren, wie sie beschaffen waren? Er wirkte doch, dachte sie, schon recht mitgenommen.
Nach zwölf Uhr gingen sie weg, und es machte Spaß, wieder mitten unter den Menschen zu sein, die allesamt bekleidet einhergingen, und die schönen Farben der Straße zu sehen, die, man verstand nicht wieso, doch wirklich von der Sonne kamen, wenn sie des Nachts nicht vorhanden waren. Auch Amelias Gereiztheit war

vorüber, sie bezahlte für sie den Apéritif, und von Malern war nicht mehr die Rede.

Ginia dachte darüber an jenem Nachmittag noch eine Weile nach, und auch sonst, wenn sie allein auf dem Sofa lag. Sie sah im Dunkeln alles wieder vor sich: Amelias bräunlichen Bauch, das gleichgültige Gesicht, die schlaffen Brüste. Bedeutete es nicht vielleicht mehr, eine bekleidete Frau zu malen? Wollten die Maler sie nackt zeichnen, so mußten sie andere Zwecke damit verfolgen. Warum zeichneten sie keine Männer? Sogar Amelia wurde eine andere, wenn sie sich auf jene schamlose Art preisgab. Ginia weinte beinahe.

Doch Amelia sagte sie davon nichts; es freute sie nur, daß diese jetzt verdiente und, wenn sie mit ihr zusammen war, williger mit ins Kino ging. Dann kaufte sich Amelia Strümpfe und frisierte sich besser, und Ginia ging nun wieder wirklich gern mit ihr spazieren, denn Amelia sah gut aus, und viele drehten sich nach ihnen um. So verging der Sommer, und eines Abends sagte Amelia: »Dein Barbetta geht aufs Land, seine Farben suchen und Weinlese halten. Er wurde mir schon lästig.«

Gerade an jenem Abend hatte Amelia eine neue Handtasche, und Ginia fragte: »Hat er dir die zum Abschied geschenkt?« – »Der?« rief Amelia. »Daß ich nicht lache! Der wollte, du solltest wiederkommen, weil er dich nicht zu bezahlen braucht.«

Da stritten sie, denn Amelia hatte ihr nie etwas davon gesagt, und ein Wort gab das andere, bis sie beleidigt auseinandergingen. ›Sie hat einen Liebhaber gefunden‹, dachte Ginia, als sie allein zurückkehrte, ›sie hat einen Liebhaber gefunden, der ihr Geschenke macht.‹ Und sie beschloß, nur dann Frieden zu machen, wenn Amelia kommen und sie darum bitten würde.

Ungern und nur, um sich nicht zu langweilen, versuchte es

Ginia wieder mit Mädchen, mit denen sie früher ausgegangen war. Im nächsten Sommer würde sie immerhin achtzehn Jahre alt sein, und sie meinte, sie wisse nun ja längst Bescheid – wie Amelia. Das dachte sie um so mehr, da sie sie nicht zu Gesicht bekam. An jenen bereits kühlen Abenden versuchte sie, Rosa gegenüber ›Amelia‹ zu spielen. Sie lachte sie oft aus, führte sie spazieren und redete viel. Sie sprach wieder zu ihr von Pino. Doch zum Tanzen auf dem Hügel wagte sie sie nicht mitzunehmen.
Sicher hatte Amelia jemanden, denn keiner bekam sie mehr zu Gesicht. ›Solange eine Frau sich gut anzieht‹, dachte Ginia, ›sieht sie nach etwas aus. Man muß nur achtgeben, daß keiner einen nackt zu sehen kriegt.‹ Aber von so etwas konnte man weder mit Rosa noch mit Clara reden und auch nicht mit deren Brüdern, die sofort schlechte Gedanken gehabt hätten oder ihr auf den Leib gerückt wären, und das wollte Ginia nicht, denn sie hatte begriffen, daß es auf der Welt Besseres gibt als einen Ferruccio oder einen Pino. An den Abenden, da sie mit ihnen zusammen war, tanzten sie und hatten ihren Spaß – sie redeten auch miteinander –, doch Ginia wußte, das war so etwas wie die Vergnügtheit der Sonntage, an denen man Bootsfahrten machte: Kindereien, die nichts zu bedeuten hatten, eine Wirkung der Sonne und des Singens; man brauchte etwa nur zu sehen, wie einer mit dem Handtuch um die Hüften sich als Frau gebärdete, und schon kicherte man los. Jetzt aber gab es sonntags und an den Abenden nichts als Langeweile, denn von sich aus konnte Ginia sich zu nichts mehr entschließen und ließ sich von den andern mitschleifen. Nur im Schneideratelier amüsierte sie sich bisweilen, wenn die Chefin sie rief, damit sie an einer Kundin ein Kleid mit Nadeln absteckte. Man mußte lachen, wenn man gewisse Geschichten hörte, die irgendeine törichte Kundin erzählte; aber noch vergnüglicher war es, wenn

die Chefin so tat, als glaube sie daran, und ganz ernsthaft blieb, während die Spiegel ihr leicht spöttisches Gesicht zurückwarfen. Einmal kam eine blonde Frau; hörte man sie reden, so stand ihr Wagen unten vorm Haus, doch wenn das gestimmt hätte, dachte Ginia, so wäre sie in ein luxuriöseres Schneideratelier gegangen. Sie war jung und hochgewachsen und ohne Trauring. Aber schön, fand Ginia, schön und schlank, auch wenn sie im Schlüpfer, Büstenhalter und sonst nichts dastand. Die ja – wenn die Modell gestanden hätte, das wäre ein schönes Bild gewesen! Und vielleicht war sie wirklich ein Modell, denn sie spazierte vor den Spiegeln in der gleichen Haltung wie Amelia. Ein paar Tage später sah Ginia ihre Rechnung, aber darauf stand nur der einfache Zuname, und mehr erfuhr sie nicht. Für sie blieb die blonde Frau ein Modell.

Als eines Abends ein Freund von Severino in die Wohnung kam, um ihr eine Lampe zu bringen, ließ sie sich von ihm einladen und ging am nächsten Tag in sein Geschäft. Er war ein junger Mann wie Severino, und er schüchterte sie nicht ein, denn er trug immer den Arbeitskittel, und vor einigen Jahren hatte er sie noch beim Handgelenk gepackt und sie gefragt, ob er sie rundherum schwenken solle. Jetzt starrte er sie an, wobei er die Zunge zwischen die Zähne steckte. Ginia ging hin, weil man von jenem Geschäft aus Amelias Haustür sah; doch dieser Massimo konnte sich bestimmt nicht vorstellen, warum sie blieb, schwatzte und lachte und am nächsten Tag nicht wiederkam.

Sie betrachteten die rosa und hellblauen Lampen, und sie redete allerlei närrisches Zeug. Durchs Schaufenster sah man Menschen vorübergehen, und Ginia fragte ihn, ob es wahr sei, daß Amelia in Weiß gekleidet umherspaziere. »Wer kann das wissen?« fragte Massimo, »ihr seid so eine Menge Mädchen. Severino wird es wissen.« – »Warum

denn Severino?« – »Solche unternehmungslustigen Mädchen«, sagte Massimo, »gefallen Severino. Das ist doch die, die ohne Strümpfe geht?« – »Hat er dir das gesagt?« fragte Ginia. »Du bist seine Schwester und weißt es nicht?« erwiderte Massimo lachend. »Laß es dir von Amelia erzählen. Ist sie nicht immer zu euch gekommen?«
Daran hatte Ginia nie gedacht. Die Vorstellung, daß Amelia ihrem Bruder Severino gefallen hätte, daß die beiden es einander gesagt hätten und sich womöglich träfen, verdarb ihr den Tag. Wenn das stimmte, dann war Amelias ganze Freundschaft nur Getue gewesen. ›Ich bin doch wirklich ein Kindskopf‹, dachte Ginia, und um nicht allzu wütend zu werden, erinnerte sie sich daran, daß sie Widerwillen empfunden hatte, als sie Amelia nackt sah. ›Ob es wirklich wahr ist?‹ dachte sie. Severino in ein Mädchen verliebt konnte sie sich nicht vorstellen, ja, sie war gewiß, daß ihm diese kümmerliche Amelia, hätte er sie damals Modell sitzen sehen, nicht mehr gefallen hätte. ›Oder vielleicht doch?‹ – ›Aber warum sind wir nackt!‹ dachte sie verzweifelt.
Gegen Abend war sie schon ruhiger und davon überzeugt, daß Massimo das nur so dahergeredet habe. Während sie mit Severino aß, betrachtete sie seine Hände und die abgebrochenen Fingernägel und begriff, daß Amelia so etwas bestimmt nicht gewohnt war. Dann blieb sie in dem schwächer werdenden Licht allein und dachte an die schönen Augustabende, an denen Amelia gekommen war, sie abzuholen – da hörte sie hinter der Tür ihre Stimme.

# V

»Ich wollte dich besuchen«, sagte Amelia.
Ginia antwortete nicht sogleich.
»Du bist immer noch böse«, sagte Amelia. »Laß gut sein. Ist dein Bruder da?«
»Er ist gerade weggegangen.«
Amelia hatte das alte Kleid an, aber eine schöne Frisur mit Korallenschmuck. Sie setzte sich aufs Sofa und fragte sofort, ob sie mit ausgehe. Sie sprach mit der gleichen Stimme wie früher, doch leiser, so als sei sie erkältet.
»Suchst du hier mich oder Severino?« sagte Ginia.
»Ach, diese Leute! Laß das doch. Ich will mich ablenken, aber nur, wenn du mitkommst.«
Da zog Ginia andere Strümpfe an, sie gingen rasch die Treppen hinunter, und Amelia ließ sich erzählen, was sich in den letzten vier Wochen ereignet hatte. »Und was hast du getan?« fragte Ginia. »Was soll ich getan haben!«, und bei diesen Worten fing Amelia wieder an zu lachen. »Nichts habe ich getan. Heute abend habe ich mir gesagt: sehen wir mal nach, ob Ginia noch an Barbetta denkt.« Etwas anderes war nicht aus ihr herauszubekommen, doch Ginia begnügte sich damit. »Gehen wir ein Gläschen trinken?« sagte sie.
Während sie den Likör tranken, fragte Amelia sie, warum sie sie nie besucht habe. »Ich wußte nicht, wo du warst.« – »Na höre! Den ganzen Tag im Café!« – »Das hast du mir nie gesagt.«
Am nächsten Tag suchte Ginia sie im Café auf. Es war ein neues Café unter den Lauben, und Ginia sah umher, um Amelia ausfindig zu machen. Da rief Amelia sie, laut, als sei sie bei sich zu Hause; und Ginia sah, daß sie einen schönen grauen Mantel und einen Hut mit Schleier trug, was sie bis zur Unkenntlichkeit veränderte. Sie saß mit

übergeschlagenen Beinen da, die Faust unter dem Kinn, als sitze sie Modell. »Bist du wirklich gekommen!« rief sie lachend.

»Wartest du auf jemanden?« fragte Ginia.

»Ich warte immer«, sagte Amelia und machte ihr neben sich Platz. »Das ist meine Arbeit. Wenn man sich vor einem Maler ausziehen will, muß man hier Schlange stehen!«

Amelia hatte vor sich auf dem Tisch eine Zeitung und das Päckchen Zigaretten. Also verdiente sie. »Schön ist dieser Hut, aber er macht dich alt«, sagte Ginia und sah ihr in die Augen. »Ich bin ja auch alt«, sagte Amelia. »Magst du das nicht?«

Amelia saß gegen den Spiegel gelehnt, als lehne sie sich gegen ein Sofa. Sie schaute nach vorn, in den Spiegel gegenüber, in dem Ginia auch sich selbst erblickte, doch kleiner. Sie sahen wie Mutter und Tochter aus. »Und hier bist du immer?« fragte sie sie.

»Kommen die Maler hierher?«

»Sie kommen, wenn sie Lust haben. Heute hat sich keiner blicken lassen.«

Der Kronleuchter brannte, viele Menschen gingen vor dem Schaufenster vorüber. Der Raum war voll Rauch, aber er war so blank und still, daß es schien, als kämen Geräusche und Stimmen von ganz weither. Ginia beobachtete zwei Mädchen in einer Ecke, sie plauderten eifrig und redeten mit dem Kellner. »Sind das Modelle?« fragte sie.

»Ich kenne sie nicht«, sagte Amelia. »Nimmst du Kaffee oder eine Apéritif?«

Ginia hatte immer geglaubt, in Cafés gehe man, um sich mit einem Mann zu treffen, und konnte gar nicht begreifen, daß Amelia die Nachmittage hier allein verbrachte; aber auf dem Rückweg vom Schneideratelier durch die

Lauben zu schlendern und zu wissen, wohin sie gehen könnte, fand sie so schön, daß sie am nächsten Tag wieder hinging. Wäre sie nur sicher gewesen, daß Amelia sie gern sah – dann hätte sie sich wirklich amüsiert. Manchmal sah Amelia sie vom Fenster aus, machte ihr ein Zeichen und kam heraus. Sie nahmen zusammen die Trambahn.

An jenem Abend sprach Amelia nicht viel. »Es gibt doch richtige Flegel«, sagte sie nur. »Hast du jemanden erwartet?« fragte Ginia. So redeten sie, bis sie einander Lebewohl sagten und sich für den nächsten Tag verabredeten: nun wußte Ginia, daß Amelia sie gern sah. Wenn ihr etwas schiefgegangen war, so war etwas anderes daran schuld, vielleicht irgendein unangenehmer Kerl.

»Wie machen sie es? Kommt ein Maler und sagt zu dir, ob du ihm sitzen willst?« fragte sie lachend.

»Es gibt auch solche, die nichts sagen«, erklärte ihr Amelia. »Sie wollen keine Modelle.«

»Und was malen sie?« sagte Ginia.

»Weißt du, da gibt es einen, der erzählt, daß er malt, wie wir den Lippenstift nehmen. ›Was malst denn du, wenn du den Lippenstift nimmst? Genauso male ich.‹«

»Aber mit dem Lippenstift malt man sich die Lippen.«

»Und er malt die Leinwand. Ciao, Ginia.«

Wenn Amelia solche Scherze machte, ohne zu lachen, hatte Ginia Angst, es geschehe etwas, blieb verstimmt und fühlte sich, wenn sie nach Hause zurückkehrte, einsam. Ein Glück, daß sie sich daheim beeilen mußte, rasch die Pasta für Severino zu bereiten; und nach dem Essen war es schon etwas anderes, dann kam die Nacht und damit die Zeit, allein oder mit Rosa auszugehen. Manchmal dachte sie: ›Was für ein Leben führe ich da! Keinen Moment halte ich still.‹ Aber dieses Leben gefiel ihr, denn nur so war auch der friedliche Augenblick am Nachmittag schön oder am Abend, wenn sie in Amelias Café ging, schön auch, dort

dort ruhig zu sitzen. Hätte sie Amelia nicht gehabt, so wäre sie freier gewesen – aber wozu, nun, da die Tage schlecht wurden und es einem keinen Spaß mehr machte, über die Straße zu gehen! Wenn in diesem Winter – Ginia spürte es – etwas passieren mußte, dann würde es von Amelia kommen, nicht von solchen dummen Dingern wie Rosa oder Clara.

Im Café begann sie Bekanntschaften zu machen. Da war ein Herr, der ähnelte Barbetta; wenn sie fortgingen, winkte er Amelia zu. Er nannte sie beide »Ihr«, und Amelia sagte zu Ginia, er sei kein Maler. Auch ein hochgewachsener junger Mann, der seinen Wagen vor den Lauben parkte und eine sehr elegante Signora bei sich hatte, kam manchmal an die Bar; Amelia kannte ihn nicht, sagte aber, er sei kein Maler. »Was glaubst du wohl, von denen gibt es nicht viele«, sagte sie zu Ginia. »Wer wirklich arbeitet, kommt nicht ins Café.« Alles in allem kannte Amelia mehr die Kellner als die Gäste; aber Ginia, der es Spaß machte, jenen bei ihren Scherzen zuzuhören, nahm sich doch in acht, mit jemandem zu vertraut zu werden. Einen gab es, der saß oft mit Amelia zusammen und grüßte Ginia das erstemal, ohne sie auch nur anzublicken: es war ein junger Mann mit üppigem Haarwuchs, weißem Schlips und ganz schwarzen Augen, er hieß Rodrigues. Sicher war er kein Italiener, er sprach kratzig, und Amelia behandelte ihn wie einen Jungen, sie sagte zu ihm, wenn er diese Lira, statt sie im Café auszugeben, sparen würde, könne er in zehn Tagen ein Modell bezahlen. Ginia hörte amüsiert zu; aber der unsicher Italienisch sprechende junge Mann behandelte Amelia weiter abwechselnd als schöne Frau und als launisches kleines Mädchen. Sie lachte, doch manchmal ärgerte sie sich und sagte, er solle sich fortscheren. Dann setzte sich Rodrigues an einen anderen Tisch, holte den Bleistift heraus und begann zu schreiben, wobei er die beiden von der Seite ansah. »Beachte ihn nicht«, sagte Amelia, »das würde ihm nur Vergnügen machen.« Allmählich gewöhnte sich auch Ginia daran, sich nicht mehr um ihn zu kümmern.

Eines Abends gingen sie ohne ein bestimmtes Ziel zusammen aus. Sie waren umherspaziert, dann hatte es angefangen zu regnen, und sie suchten Schutz in einem Haustor. Es war kalt, besonders wenn man mit den feucht gewordenen Strümpfen stillstand. Amelia hatte gesagt: »Wenn Guido zu Hause ist – wollen wir zu ihm gehen?« – »Wer ist Guido?« Amelia hatte die Nase vorgestreckt und den Hals verrenkt, um nach den Fenstern des Hauses gegenüber zu spähen. »Es brennt Licht. Gehen wir, dann haben wir einen Unterschlupf.« Sie waren mindestens sechs Stockwerke hoch gestiegen, als Amelia keuchend innehielt und fragte: »Hast du Angst?«

»Warum Angst?« sagte Ginia, »du kennst ihn doch?« Als sie an die Tür klopften, hörten sie drinnen jemanden lachen, ein leises, unangenehmes Lachen, bei dem Ginia an Rodrigues denken mußte. Man vernahm Schritte, die Tür öffnete sich, aber niemand war zu sehen. »Ist es erlaubt?« sagte Amelia, als sie eintrat.

Es war wirklich Rodrigues, er lag auf einem Sofa an der Wand, unter einem grellen Licht. Doch da war noch jemand, ein Soldat stand da in Hemdsärmeln, blond und verschmutzt, der die beiden lachend ansah. Ginia kniff in jenem Licht – es schien eine Karbidlampe zu sein – die Augen zusammen. Kleine Bilder und Vorhänge bedeckten drei Wände; die vierte war nichts als Fenster.

Amelia sagte zu Rodrigues halb ernst, halb lachend: »Sind Sie denn überall?« Jener winkte ihr zu und brummte: »Die andere heißt Ginia, Guido.« Da streckte der Soldat die Hand auch ihr hin, wobei er sie keck lächelnd musterte.

Ginia merkte, daß man hier ganz unbefangen sein mußte,

und begann über Amelia und Gudos Kopf hinweg die Bilder an den Wänden zu betrachten. Es schienen Landschaften mit Bäumen und Bergen zu sein, und flüchtig sah sie auch ein paar Porträts. Aber die Lampe ohne Schirm, wie in Häusern, die noch nicht fertiggebaut sind, blendete, ohne richtig Licht zu geben. Ginia sah nur gerade, daß es hier nicht so viele Vorhänge gab wie bei Barbetta: nur einen einzigen – einen großen roten Vorhang –, der das Zimmer hinten abschloß, und Ginia sagte sich, dahinter müsse noch ein Zimmer sein.

Guido fragte, ob sie etwas trinken wollten. Auf dem großen Tisch in der Mitte stand eine Flasche mit Gläsern. »Wir sind gekommen, um uns aufzuwärmen«, sagte Amelia. »Wir sind patschnaß bis an die Knie.« Guido füllte die Gläser mit Rotwein, und Amelia brachte Rodrigues, der sich aufsetzte, ein Glas. Während sie tranken, sagte Amelia zu ihm: »Es tut mir Guidos wegen leid, aber stehen Sie jetzt auf, und überlassen Sie mir das Bett, damit ich mir die Beine wärmen kann. Betten sind für die Frauen da. Ginia, komm du auch her!« Aber Ginia wollte nicht, sie sagte, der Wein habe sie schon ge-wärmt, und setzte sich auf einen Stuhl. Da zog Amelia die Schuhe aus, legte die Jacke ab und kroch unter die Decke. Rodrigues blieb auf dem Rand des Sofas sitzen.

»Redet weiter«, sagte Amelia. »Mich stört nur das Licht.« Und sie streckte den Arm nach der Wand und machte es aus. »So. Nun gebt mir eine Zigarette.«

Ginia blieb erschreckt im Dunkeln. Doch sie merkte, daß Guido zum Sofa gegangen war, sie hörte, wie er das Streichholz anstrich, und sah die beiden Gesichter in der Flamme schattenhaft hin und her tanzen. Dann wurde es wieder dunkel, und für einen Augenblick blieb es ganz still. An die Fenster klatschte der Regen. Jemand sprach ein paar Worte, aber Ginia, die noch nicht recht zu sich gekommen war, verstand nicht, was gesprochen wurde. Sie merkte, daß auch Guido rauchte, wobei er ruhig im Dunkeln hin und her ging. Sie sah die Glut der Zigarette, sie hörte die Schritte. Dann merkte sie, daß Amelia und der andere wieder stritten. Sie wurde erst ruhiger, als sie sich ganz allmählich an das Dunkel gewöhnt hatte und den Tisch, die Schatten der andern, ja hier und da sogar ein Bild an der Wand zu erkennen begann. Amelia sprach mit Guido davon, wie sie einmal, als sie krank war, auf jenem Sofa geschlafen hatte. »Aber damals hattest du noch nicht diesen Genossen«, sagte sie, »was machst du mit ihm? Muß er sich nackt ausziehen?«

Alles war so sonderbar, daß Ginia sagte: »Man kommt sich vor wie im Kino.«

»Aber hier zahlt man keinen Eintritt«, bemerkte Rodrigues von seiner Ecke aus.

Guido spazierte immer hin und her, er brauchte das ganze Zimmer dazu; seine Stiefel erschütterten den dünnen Boden. Sie sprachen alle miteinander, doch auf einmal merkte Ginia, daß Amelia schwieg – ihre Zigarette glühte – und daß auch Rodrigues schwieg. Nur Guidos Stimme füllte das Zimmer, er erklärte etwas, was sie nicht verstand, weil sie nach dem Sofa hin horchte.

Ein nächtlicher Schein kam von den Scheiben her, als schaffe der Regen selber einen Lichtreflex; man hörte, wie es auf die Dächer tropfte, wie das Wasser die Dachtraufen schäumend füllte und weiterfloß. Jedesmal, wenn zufällig Regen und Stimme still waren, schien es kälter zu werden. Dann mühte sich Ginia, im Dunkeln Amelias Zigarette zu erkennen.

# VI

Auf der Straße, vor dem Haustor, verabschiedeten sie sich; es hatte aufgehört zu regnen. Ginia stand noch das schmutzige Zimmer vor Augen, jenes grelle Licht und wie es immerzu tropfte. Etliche Male hatte Guido hell gemacht, um einzuschenken oder etwas zu suchen, und Amelia auf dem Sofa hatte die Augen zugehalten und gerufen, er solle dunkel machen; und man hatte gesehen, wie Rodrigues an der Wand unbeweglich zu ihren Füßen hockte.

»Haben die beiden niemanden, der ihnen das Zimmer fegt?« fragte Ginia, als sie allein nach Hause gingen.

Amelia sagte, Guido sei zu vertrauensselig, daß er Rodrigues den Atelierschlüssel überlasse.

»Hat die Bilder dort Guido gemacht?«

»Ich an seiner Stelle würde Angst haben, daß dieser Portugiese sie verkauft, wenn er ihm das Zimmer einfach zu solchen Bedingungen weitervermietet.«

»Hast du für Guido Modell gesessen?«

Amelia erzählte im Gehen, wie sie Rodrigues kennengelernt hatte, als sie noch jünger war und für irgendwen Modell saß. Rodrigues tauchte damals genauso wie jetzt auf und setzte sich ins Atelier, als sei er im Café; dort verkroch er sich in einen Winkel, sah bald auf sie, bald auf den Maler und sagte kein Wort. Schon damals trug er den weißen Schlips. Genauso machte er es bei einem anderen Modell, das sie kannte.

»Malt er denn auch?«

»Na, da müßte eine schön verzweifelt sein, um sich vor den nackt hinzustellen!«

Ginia hätte gern Guidos Bilder wiedergesehen, denn sie wußte, daß man die Farben nur am Tage gut sieht. Wäre sie sicher gewesen, daß Rodrigues nicht dort war, dann hätte sie sich ein Herz gefaßt und wäre allein hingegangen. Sie stellte sich vor, wie sie hinaufstieg, klopfte, Guido in seinen Soldatenhosen vorfand und ihm zulachte, um das Eis zu brechen. Das Schöne an ihm war, daß er nicht wie ein Maler aussah. Ginia erinnerte sich daran, wie er ihr damals mit einem ermunternden Lächeln die Hand gedrückt hatte; und dann seine Stimme in dem dunklen Zimmer, sein Gesicht, wenn er Licht machte: da blickte er sie an, als wären sie beide, wie Rodrigues und Amelia, ein Paar. Doch jetzt war Guido nicht da, und man mußte mit dem anderen rechnen.

Am nächsten Tag im Café fragte sie Amelia, ob Guido wenigstens sonntags frei wäre. »Früher hätte ich es gewußt«, sagte Amelia.

»Aber ich sehe ihn schon eine Zeitlang nicht mehr.«

»Rodrigues hat mir gesagt, ich soll in sein Atelier kommen, wann ich Lust habe.« – »Sieh einer an!« sagte Amelia.

Doch sie sahen ihn etliche Tage nicht im Café. »Ich wette, er wartet, daß wir ihn aufsuchen, jetzt, wo er über ein Bett verfügt. Da kann er uns, wenn wir kommen, eine Szene vorspielen. Das sähe ihm ähnlich!« sagte Amelia.

»Da kann er lange warten«, erwiderte Ginia.

Wenn sie darüber nachdachte, so war sie mehr und mehr davon überzeugt, daß die Art, wie Amelia sich ins Bett gelegt und in Gegenwart Dritter dunkel gemacht hatte, gar nicht so unverschämt war; jedenfalls hatten Guido und Rodrigues nichts dabei gefunden. Eine Vorstellung hingegen quälte sie: was Amelia auf jenem Bett vielleicht früher getrieben hatte, als das Zimmer noch Guido allein gehörte. »Wie alt ist Guido?« fragte sie.

»Einmal war er so alt wie ich.«

Aber Rodrigues ließ sich nicht blicken, und Ginia ging eines Morgens, als sie etwas besorgen mußte, durch die

Straße jener Nacht. Sie sah nach oben und erkannte die dreieckige Vorderfront des Ateliers. Ohne viel darüber nachzudenken, stieg sie die Treppen hinauf, die gar kein Ende nahmen, doch als sie in den letzten Flur trat, waren dort verschiedene Türen, und sie konnte sich nicht entschließen. Sie begriff, daß Guido nicht berühmt war, denn er hatte nicht einmal ein Namensschild, und während sie wieder hinunterging, dachte sie mit Rührung an die grelle Lampe jenes Abends, die für einen Maler tödlich sein mußte. Als sie hernach Amelia sah, sprach sie nicht von dem Besuch.

Eines Tages, als sie miteinander redeten, fragte sie sie, warum Menschen Maler würden. »Weil es Leute gibt, die die Bilder kaufen«, erwiderte Amelia. »Aber nicht alle«, sagte Ginia, »und die Maler, denen sie niemand abkauft?«

»Es ist ein Spaß wie andere auch«, sagte Amelia, »aber sie hungern.«

»Sie malen, weil es sie befriedigt«, sagte Ginia.

»Na hör mal! Würdest du dir ein Kleid machen, um es hinterher nicht zu tragen? Am schlauesten ist Rodrigues: er nennt sich Maler, aber keiner hat je einen Pinsel in seiner Hand gesehen.«

Gerade an jenem Tag trafen sie Rodrigues im Café an, er zeichnete ganz konzentriert in ein Notizbuch. »Was tun Sie da?« sagte Amelia und nahm ihm das Blatt weg. Auch Ginia betrachtete es neugierig, doch sie sahen nur ein Durcheinander von Linien, die den Bronchien eines Menschen ähnelten. »Was ist das? Eine Lattichpflanze?« sagte Amelia. Rodrigues antwortete weder ja noch nein, und da blätterte sie das Notizbuch durch, es waren viele Zeichnungen darin: manche sahen aus wie Pflanzenskelette, bisweilen waren es Gesichter, doch ohne Augen, schwarze Flecke hineinschattiert; bei manchen wußte man nicht, ob

es Gesichter oder Landschaften waren. »Das sind Sachen, wie man sie nachts bei Gaslicht sieht«, sagte Amelia. Rodrigues lachte sich eins, aber Ginia fand ihn eher unangenehm, als daß sie sich über ihn geärgert hätte.
»Da ist nichts Schönes dran«, sagte Amelia. »Wenn er von mir so ein Bild machte, würde ich ihn nicht mehr grüßen.«
Rodrigues blickte sie an, ohne ein Wort zu sprechen.
»Ein schönes Modell ist für Sie zu schade«, sagte Amelia. »Wo finden Sie Ihre Modelle? Hier?«
»Ich benutze keine Modelle«, sagte Rodrigues. »Ich habe Achtung vor dem Papier.«
Da sagte Ginia zu ihm, sie würde Guidos Bilder gern noch einmal sehen. Rodrigues steckte das Notizbuch in die Tasche und erwiderte: »Zu Ihren Diensten.«
Schließlich gingen sie am ersten darauffolgenden Sonntag beide hin, und Ginia ließ ein Stück der Messe aus, um pünktlich dort zu sein. Sie hatten ausgemacht, sie wollten sich am Haustor treffen, doch es war niemand da, und so stieg Ginia allein hinauf. Wieder war sie unsicher, welche der vier Türen auf dem Flur die richtige sei; sie konnte sich nicht entschließen und ging die Treppe zur Hälfte wieder hinunter. Aber dann schalt sie sich selber dumm; sie stieg wieder hinauf und horchte vor der letzten. Indes kam aus einer anderen Tür eine Frau, ungekämmt, im Morgenrock, die einen Eimer trug. Ginia konnte sich kaum rechtzeitig wieder aufrichten und fragte sie, wo der Maler wohne. Die Frau sah sie nicht einmal an, gab keine Antwort und verschwand über den Flur. Ginia, rot und zitternd, hielt den Atem an, bis alles wieder still war, und eilte dann die Treppe hinunter.
Alle Augenblicke ging jemand ins Haus oder kam heraus und betrachtete sie, wenn er an ihr vorüberging. Ginia begann verzweifelt hin und her zu gehen, um so mehr, als auf

der anderen Straßenseite ein Schlachtergeselle am Pfosten lehnte und sie hämisch anstarrte. Sie dachte daran, die Pförtnersfrau zu fragen, wo das Atelier sei; doch nun konnte sie ebensogut auf Amelia warten. Es war fast zwölf Uhr.

Das Schlimme war, daß sie sich für den Nachmittag nicht mit Amelia verabredet hatte und also würde allein bleiben müssen. ›Alles, alles geht mir schief‹, dachte sie. Da tauchte Rodrigues im Toreingang auf und machte ihr ein Zeichen.

»Amelia ist oben«, sagte er ungezwungen, »sie sagt, Sie möchten heraufkommen.«

Ginia ging, ohne ein Wort zu sprechen, mit ihm hinauf. Es war wirklich jene letzte Tür, hinter der sie nicht einen Laut gehört hatte. Amelia saß auf dem Sofa und rauchte, als sei sie im Café. »Warum bist du nicht heraufgekommen?« sagte sie sofort ganz ruhig. Ginia schimpfte sie blöd, doch sie und Rodrigues taten so überzeugt, daß es unmöglich war, zu streiten. Sie konnte ihnen nicht einmal zurufen, sie habe an der Tür gehorcht, denn das wäre noch schlimmer gewesen. Aber sie brauchte nur hinzuschauen, wie die beiden still dasaßen, um zu merken, daß das Sofa etwas wissen mußte. ›Sie halten mich auch noch für dumm‹, dachte Ginia und suchte herauszufinden, ob Amelias Frisur zerzaust sei und was die Blicke des andern zu sagen hätten.

Amelias Hut – der mit dem Schleier – war auf den Tisch geworfen worden, und Rodrigues, der am Fenster lehnte, betrachtete ihn mit einem spöttischen Gesicht.

»Ob Ginia der Schleier stehen würde?« sagte Amelia aufs Geratewohl.

Ginia zog eine Grimasse und begann, ohne sich weiterzubewegen, die kleinen Bilder über Amelias Kopf hinweg zu betrachten. Aber jene bescheidenen Farben interessierten

sie im Augenblick nicht. Sie schnupperte in dem kalten Mief Amelias Parfüm. Sie konnte sich nicht daran erinnern, wonach das Zimmer damals gerochen hatte.
Dann ging sie durch das Zimmer und besah die Bilder an den Wänden. Sie betrachtete eingehend eine Landschaft oder einen Teller mit Früchten; sie blieb stehen; sie konnte sich nicht dazu entschließen, den Blick abzuwenden; keiner sprach. Es gab auch einige Porträts von Frauen: sie kannte jene Gesichter nicht. Sie kam auch hinten ins Zimmer und fand sich vor dem großen Vorhang mit ausgefranstem Tuch, der die ganze Wand einnahm. Ihr kam in den Sinn, daß Guido von dort hinten die Gläser geholt hatte; sie sagte halblaut: »Ist es erlaubt?«, doch die beiden hörten nicht, weil Rodrigues gerade etwas sagte, und da schob Ginia den Vorhang beiseite, um hineinzuschauen; aber sie sah nichts als ein ungemachtes Bett und den Umriß eines Waschtisches. Auch dort drinnen roch es nach Amelia, und Ginia bemerkte es und dachte dabei, es müsse schön sein, in jenem Winkel allein zu schlafen.

## VII

»Rodrigues stirbt vor Verlangen, daß du ihm sitzt«, sagte Ginia, während sie nach Hause zurückkehrten.
»Wieso?«
»Hast du nicht gesehen, wie er um uns herumspaziert ist und deine Beine betrachtet hat?«
»Mag er sie betrachten«, sagte Amelia.
»Für Guido hast du nie Modell gesessen?«
»Nie«, sagte Amelia.
Als sie über die Piazza gingen, kam Rosa am Arm eines Mannes vorüber – aber es war nicht Pino. Sie hängte sich an ihn, als sei sie lahm, und Ginia sagte: »Sieh an! Sie ha-

ben Angst, daß eins verlorengeht.« – »Sonntags ist alles erlaubt«, sagte Amelia. »Aber nicht auf der Piazza. Sie machen sich lächerlich.« – »Das kommt ganz darauf an, was eine will«, erwiderte Amelia, »wenn eine dumm ist und Lust dazu hat, tut sie dies und anderes mehr.«

Ginia hatte von Rodrigues erfahren, daß Guido viele seiner freien Nachmittage im Atelier zubrachte und malte. »Am liebsten würde er auch nachts noch malen«, hatte Rodrigues gesagt. »Vor einer Leinwand wütet er drauflos wie ein Stier, er muß sie einfach berennen.« Und dabei hatte er auf seine schleimige Art zu lachen begonnen.

Ohne etwas davon zu sagen, vergewisserte sich Ginia eines Nachmittags, daß Rodrigues im Café war, und ging allein ins Atelier. Diesmal klopfte ihr das Herz, als sie die Treppen hinaufstieg, aus einem anderen Grund. Doch vor der Tür brauchte sie nicht erst nachzudenken: sie stand offen.

»Herein!« rief Guido.

Ginia schlug in ihrer Verlegenheit die Tür hinter sich zu. Keuchend blieb sie unter Guidos Blick stehen. Vielleicht kam es von der Beleuchtung, aber der Samtvorhang, von ein paar Sonnenstrahlen gestreift, machte das ganze Zimmer rot. Guido kam auf sie zu, hob jedoch nicht den Kopf und sagte nur: »Was gibt's?«

»Kennen Sie mich nicht mehr?«

Guido war wie immer in Hemdsärmeln und graugrünen Hosen. »Ist die andere auch da?« fragte er.

Nun erklärte ihm Ginia, sie sei allein, Amelia sitze im Café. »Rodrigues hat mir gesagt, ich könne kommen und mir die Bilder ansehen. An einem Morgen sind wir schon einmal hier gewesen, aber Sie waren nicht da.«

»Dann setz dich«, sagte Guido. »Ich mache gerade eine Arbeit fertig.«

Er ging ans Fenster zurück und begann, mit einem Messer

eine Holztafel abzukratzen. Ginia setzte sich aufs Sofa und meinte zu fallen, so niedrig war es. Sie war verwirrt von diesem Du, und sie hatte größte Lust, zu lachen bei dem Gedanken, daß alle, Maler wie Mechaniker, auf die Art anfingen. Doch es war schön, in dem weichen Licht mit halbgeschlossenen Augen dazusitzen.

Guido sagte etwas von Amelia. »Wir sind befreundet«, erwiderte Ginia, »aber ich arbeite im Schneideratelier.«

Im Zimmer wurde es dämmerig, und da stand Ginia auf und drehte den Hals, um ein kleines Bild zu betrachten. Es war das mit den Melonenscheiben, die durchscheinend und ganz wie Wasser aussahen. Ginia bemerkte, daß in dem Bild ein roter Reflex war, als sie ins Zimmer trat. Da begriff sie, man müsse, wenn man malen wollte, diese Dinge wissen; doch mit Guido darüber zu sprechen, wagte sie nicht. Guido trat hinter sie und betrachtete mit ihr die Bilder.

»Altes Zeug«, sagte er immer wieder.

»Aber sie sind schön«, sagte Ginia, und das Herz klopfte ihr bis in den Hals, denn sie erwartete von einem Augenblick zum andern, eine Hand auf sich zu spüren. »Sie sind schön«, und sie trat einen Schritt beiseite. Guido betrachtete die Bilder und regte sich nicht.

Dann zündete er sich eine Zigarette an, und Ginia, an den Tisch gelehnt, begann zu fragen, wen jene Porträts darstellten und ob er Amelia nie gemalt habe. »Sie steht Modell«, sagte sie. Guido aber fiel aus allen Wolken, er sagte, das habe er nie gewußt. »Ich habe sie doch dabei gesehen!« rief Ginia. »Das ist das Neueste. Bei welchem Maler?« – »Ich weiß nicht, wie er heißt, aber sie saß Modell.« – »Nackt?« fragte Guido. – »Ja.«

Da fing er an zu lachen. »Sie hat ihren Beruf gefunden, sie zeigte immer gern die Beine. Bist du auch ein Modell?« – »Ich nicht, ich arbeite«, sagte Ginia rasch, »ich gehe ins Schneideratelier.«

Aber sie war ein wenig beleidigt, daß Guido überhaupt nicht daran dachte, ein Bild von ihr zu machen. Wenn ihr Profil Barbetta gefallen hatte, warum nicht auch Guido?
»Amelia erzählt allerlei Geschichten«, sagte sie da, »und sie treibt es am liebsten richtig bunt. Man versteht nicht recht, was sie will.«
»Früher war es ein Vergnügen, mit ihr zusammen zu sein«, sagte Guido heiter. »Dieses Atelier hat allerhand Schönes mit angesehen.«
»Das tut es noch«, sagte Ginia, »Amelia und Rodrigues verlieren keine Zeit.«
Guido sah sie an, ernsthaft, doch zugleich lachte er ein wenig. Es wurde schon Abend, der Ausdruck seines Gesichts war nicht deutlich zu erkennen. Ginia wartete auf eine Antwort, aber sie kam nicht. Nach einem langen Schweigen sagte Guido: »Du gefällst mir, Ginetta. Weißt du, warum? Weil du nicht rauchst. Mädchen, die rauchen, sind immer irgendwie kompliziert.«
Da sagte Ginia:
»Hier riecht es gar nicht so nach Firnis wie sonst bei den Malern.«
Guido stand auf und zog sich die Jacke an. »Es riecht nach Terpentin. Das ist ein guter Geruch.« Ginia wußte nicht, wie es kam, aber plötzlich stand er vor ihr, und sie spürte, wie eine Hand ihren Nacken streifte; da riß sie ganz töricht die Augen auf und stieß mit der Hüfte gegen den Tisch. Rot wie glühende Kohle wurde sie, als sie Guido so über sich spürte und er zu ihr sagte: »Der Geruch, den du unter den Achseln hast, ist besser als Terpentin.«
Ginia gab ihm einen Stoß, rannte zur Tür und lief weg. Erst an der Trambahnhaltestelle blieb sie stehen. Nach dem Essen ging sie ins Kino, um nicht mehr an den Nachmittag denken zu müssen.

Aber sie dachte doch immerzu darüber nach; und je öfter sie das tat, um so mehr begriff sie, daß sie wieder dort hinaufgehen würde. Verzweifelt war sie darum, weil sie wußte, sie hatte etwas Lächerliches getan, was eine Frau in ihrem Alter nicht mehr tun durfte. Sie hoffte nur, daß Guido ihr das übelgenommen habe und nicht mehr versuchen werde, sie zu umarmen. Sie hätte sich prügeln können, daß sie nicht auf das gehört hatte, was Guido ihr oben von der Treppe nachgerufen hatte: ob er gesagt hatte, sie solle wiederkommen? Den ganzen Abend im Dunkel des Kinos dachte sie mit wehem Herzen daran, daß sie, wozu sie sich auch im Augenblick entschlösse, doch wieder hingehen würde. Sie wußte, die Lust danach, ihn wiederzusehen, sich bei ihm zu entschuldigen, ihm zu sagen, sie habe sich dumm benommen, würde sie ganz verrückt machen.

Ginia ging am nächsten Tage nicht hin, aber sie wusch sich unter den Achseln und parfümierte sich überall. Sie war nun überzeugt, daß es ihre Schuld war, wenn sie ihn gereizt hatte; doch manchmal war sie auch mit ihrem eigenen Mut zufrieden, denn jetzt wußte sie, was die Männer verliebt macht. ›So etwas kennt Amelia natürlich gut‹, dachte sie, ›aber um es kennenzulernen, hat sie sich wegwerfen müssen.‹

Im Café fand sie Amelia und Rodrigues beisammen. Als sie eintrat, hatte sie Angst, sie wüßten etwas, weil Amelia sie in einer bestimmten Art ansah; doch sehr bald schon war Ginia darüber beruhigt und stellte sich müde und gelangweilt, während sie Rodrigues' übliche Dummheiten anhörte und dabei an Guidos Stimme dachte. Jetzt begriff sie vielerlei: warum Rodrigues sich beim Reden über Amelia beugte, warum er wie ein Kater die Augen zusammenkniff, warum Amelia mit ihm einig war. ›Sie ist auf so etwas versessen wie ein Mann‹, dachte sie, ›Amelia ist

schlimmer als Guido.‹ Und sie mußte lachen, so wie man lacht, wenn man allein ist.
Den Tag darauf ging sie wieder ins Atelier. Am Morgen hatte Signora Bice ganz trocken gesagt, sie könnten am Nachmittag heimgehen, es sei Festtag. Als sie nach Hause kam, zog Severino gerade das Hemd für die Versammlung an. Es war ein patriotisches Fest, überall war geflaggt, und Ginia hatte den Bruder gefragt: »Ob sie wohl den Soldaten Ausgang geben?« – »Sie täten besser daran, mich schlafen zu lassen«, sagte Severino. Aber Ginia hatte, glücklich wie sie war, nicht gewartet, daß Amelia oder Rosa sie abholten, sondern war entwischt. Dann, unter dem Toreingang zum Atelier, hatte sie bedauert, daß sie nicht mit Amelia gekommen war.
Sie sagte sich: ›Ich gehe einen Augenblick hinauf, um Amelia zu suchen‹, und stieg langsam die Treppen hoch. In Wirklichkeit wußte sie, daß Amelia gar nicht oben sein konnte, denn sie war um jene Zeit unter den Lauben. Doch als sie oben vor der Tür stehenblieb, um Atem zu schöpfen, hörte sie die Stimme von Rodrigues.

# VIII

Die Tür stand offen, man sah das Fenster gegen den Himmel. Rodrigues' Stimme klang laut und eindringlich. Ginia spähte hinein: Guido lehnte am Tisch und hörte zu. »Ist es erlaubt?« fragte sie leise, doch sie hörten sie nicht. Guido erschien ihr in dem graugrünen Hemd wie ein Arbeiter. Er blickte zu ihr hin, ohne sie zu sehen.
»Ich suche Amelia«, sagte Ginia ganz leise.
Da hörte Rodrigues auf zu reden, Ginia sah, daß er auf dem Sofa saß, die Hände um die Knie geschlungen; unverwandt schaute er zu ihr hin.

»Ist Amelia nicht da?«
»Das hier ist nicht das Café«, sagte Rodrigues.
Ginia blickte auf Guido und blieb stehen. Er stützte die Hände hinter sich auf den Tisch und machte ganz kleine Augen. »Früher sind alle diese Mädchen nicht gekommen«, sagte er. »Ziehst du sie hierher?«
Da senkte Ginia den Kopf; an der Stimme merkte sie, daß Guido ihr nicht zürnte. »Komm herein«, sagten sie zu ihr, »stell dich nicht an.«
Jener Nachmittag war der schönste, den Ginia je erlebt hatte. Sie hatte nur Angst, daß Amelia käme und das Übliche daherredete; doch die Zeit verging, Guido und Rodrigues disputierten, und alle Augenblicke sah Guido sie lachend an und sagte, auch sie solle Rodrigues einen blöden Kerl nennen. Sie stritten über Malerei, Guido sprach mit Eifer und behauptete, Farben seien Farben. Rodrigues, der immer noch die Hände um die Knie geschlungen hielt, bestand hartnäckig auf seiner Meinung, manchmal war er still, oder er krähte beim Lachen wie ein Hähnchen, boshaft. Worum der Streit ging, war nicht recht zu begreifen, aber Guido sprechen zu hören, machte Spaß. Seine Stimme schnellte plötzlich los, und wenn Ginia ihm in die Augen sah, hielt sie den Atem an.
Draußen schien noch ein Strahl Sonne auf die Dächer, und Ginia, die am Fenster saß, blickte bald zum Himmel, bald auf die beiden; in der Tiefe des Zimmers hatte sie den großen granatroten Vorhang vor Augen und dachte, wie schön es sein müßte, dahinter versteckt, ohne daß einer es ahnte, nach jemandem zu spähen, der sich im Zimmer allein glaubte. Da sagte Guido: »Es ist kalt. Ist noch Tee da?«
»Tee und Kocher sind da. Es fehlt nur das Gebäck.«
Guido drehte sich um. »Heute macht Ginetta uns den Tee. Hinter dem Vorhang ist der Kocher.«

»Es wäre besser, sie ginge Biskuits kaufen«, sagte Rodrigues.
»Ganz bestimmt nicht«, erwiderte Ginia. »Gehen Sie! Sie sind ein Mann.«
Während die beiden weiterredeten, suchte Ginia hinter dem Vorhang den Spirituskocher, die Tassen und die Teebüchse. Nachdem sie das Wasser aufgesetzt hatte, spülte sie die Tassen im Waschtisch, in dem Dunkel hinter dem Vorhang, das von dem Flämmchen nur schwach erhellt wurde. Hinter sich hörte sie kaum noch die beiden Stimmen; sie kam sich in ihrem Winkel so allein vor wie in einem leeren Haus, als sei eine große Ruhe um sie her, in der sie sich sammeln und nachdenken könne. In jenem Licht erkannte man gerade noch, dort in dem schmalen Gang zwischen Wand und Vorhang, das ungemachte Bett. Ginia stellte sich vor, wie Amelia darauf lag.
Als sie hinaustrat, merkte sie, daß die beiden sie neugierig ansahen. Ginia hatte den Hut schon abgelegt; sie drehte den Kopf und nahm vom Fensterbrett eine große Platte, die wie eine Palette ganz mit Farben bekleckst war. Doch Guido verstand sofort, was sie wollte, suchte in den Kästen und reichte ihr eine saubere Platte hin. Auf diese setzte Ginia die noch feuchten Tassen, dann ging sie an ihren Kocher zurück und tat den Tee ins Wasser.
Während sie tranken, erzählte ihr Guido, die Tassen seien ein Geschenk von einem Mädchen wie sie; sie habe ihn aufgesucht, um sich porträtieren zu lassen. »Und wo ist dieses Bild?« fragte Ginia. »Sie war ja kein Modell«, sagte Guido lachend.
»Werden Sie noch lange Soldat sein?« fragte Ginia und trank langsam ihren Tee.
»Zum Kummer von Rodrigues werde ich in vier Wochen frei sein«, erwiderte Guido. Und dann sagte er: »Du bist also nicht mehr gekränkt?«

Ginia fand gerade noch Zeit, den Mund zu einem leisen Lächeln zu verziehen und dabei den Kopf zu schütteln, da sagte Guido:
»Dann wollen wir du zueinander sagen.«
Nach dem Abendessen zu Hause war es besonders schön. Amelia, die sie abholen kam, war gleichfalls vergnügt. »Wenn Festtag ist und die Leute nichts tun«, sagte sie, »bin ich glücklich.« Sie gingen miteinander spazieren und machten alberne Späße. »Wo bist du heute gewesen?« fragte Amelia, während sie weitergingen. »Nichts Besonderes«, sagte Ginia, »gehen wir auf den Hügel zum Tanzen?« – »Na höre, es ist nicht mehr Sommer, es ist dort viel zu schmutzig.« Wie durch Zauber fanden sie sich auf dem Weg zum Atelier. »Ich komme nicht mit hinauf«, sagte Ginia, »deine Maler habe ich satt.« – »Wer sagt dir denn, daß wir hingehen? Heute abend sind wir frei.« Sie kamen zur Brücke, blieben stehen und betrachteten die Kette von Reflexen auf dem Wasser. »Ich habe Barbetta gesehen, er hat mich nach dir gefragt«, sagte Amelia.
»Ist er es noch nicht müde, dich zu zeichnen?«
»Ich habe ihn im Café gesehen.«
»Ob er mir wohl meine Zeichnungen gibt?«
Doch während Amelia sie ansah, dachte Ginia an etwas ganz anderes.
»Was habt ihr damals gemacht, in dem Jahr, als du zu Guido gingst?«
»Was sollten wir machen? Man lachte und zerschlug die Gläser.«
»Und dann habt ihr euch verzankt?«
»Das wäre noch schöner! Eines Sommers ist er aufs Land gegangen, hat zugeschlossen und sich nicht mehr sehen lassen.«
»Wie hast du ihn denn kennengelernt?«

»Wer soll das noch wissen! Stehe ich Modell oder nicht?«
Doch es war unmöglich, an diesem Abend zu streiten, und blieb man am Wasser stehen, so fror man. Amelia hatte sich eine Zigarette angezündet und rauchte, an den Steinpfeiler des Geländers gelehnt.
»Rauchst du auch auf der Straße?« fragte Ginia.
»Ist das nicht das gleiche wie im Café?« fragte Amelia.
Aber sie gingen nicht in ein Café, um dort zu sitzen, weil Amelia es schon leid war, den Tag über dort zu sein. Sie machten sich statt dessen auf den Heimweg und blieben vor dem Kino stehen. Es war für den Film zu spät. Während sie die Bilder betrachteten, kam Severino, schlecht gelaunt, mit einem gelangweilten Gesicht heraus. Severino begrüßte Amelia nur mit einem Heben des Kinns, doch dann kam er zurück und begann mit ihnen zu reden. Ginia hatte ihn nie so galant gesehen. Er sagte sogar etwas über Amelias Hutschleier. Um die Mädchen zum Lachen zu bringen, erzählte er von dem Film, und Amelia lachte, aber nicht wie im Café, wenn die Kellner etwas zu ihr sagten: sie lachte mit geöffneten Lippen und ließ dabei die Zähne sehen, wie es Mädchen unter sich tun; so hatte sie es seit einer Weile nicht mehr getan. Ihre Stimme klang sehr rauh: das kommt wohl vom Rauchen, dachte Ginia. Severino begleitete sie zur Bar, bezahlte für beide den Kaffee und sagte zu Amelia, sie sollten einen Sonntag ausmachen, um miteinander auszugehen. »Zum Tanzen?« – »Sicher.« – »Dann kommt auch Ginia mit«, sagte Amelia. Ginia prustete los.
Sie begleiteten Amelia bis zum Haustor, und als sich die Tür schloß, gingen sie zusammen heim. ›Guido ist ungefähr so alt wie Severino‹, dachte Ginia, ›er könnte mein Bruder sein.‹ – ›Wie doch das Leben ist‹, dachte sie, ›Guido, den ich gar nicht kenne, könnte mich unterhaken,

wir blieben an den Ecken stehen, er könnte zu mir sagen, daß ich eine Frau bin, und wir würden uns ansehen. Für ihn bin ich Ginetta. Man braucht sich nicht zu kennen, um einander gut zu sein.‹ Unter solchen Gedanken trottete sie neben Severino her und hatte dabei den Eindruck, sie sei noch ein kleines Mädchen; und einmal fragte sie ihn, ob ihm Amelia gefalle, und merkte, sie habe damit etwas gesagt, was er nicht erwartet hatte.

»Was tut sie den Tag über?« erwiderte Severino darauf.

»Sie steht Modell.«

Severino faßte das anders auf: er begann davon zu reden, daß sie Kleider wirklich gut zu tragen verstehe; da wechselte Ginia das Thema und fragte ihn, ob es schon Mitternacht sei.

»Sieh dich vor«, sagte Severino, »Amelia ist ein tüchtiges Mädchen, du wirkst neben ihr geradezu dumm.«

Ginia sagte, sie sähen einander selten, und Severino schwieg; dann steckte er sich im Weitergehen eine Zigarette an, und als sie vor dem Haustor anlangten, war es, als sei jeder allein.

In jener Nacht schlief Ginia wenig, die Decken lasteten auf ihr, aber sie dachte an vielerlei, und je mehr die Zeit verging, um so närrischer wurden diese Vorstellungen. Sie malte sich aus, sie liege allein in dem ungemachten Bett in jenem Atelierwinkel, sie höre, wie Guido sich draußen vor dem Vorhang hin und her bewege, sie lebe mit ihm zusammen, küsse ihn und koche für ihn. Wer weiß, wo Guido aß, als er noch nicht Soldat war. Dann dachte sie weiter: nie hätte sie geglaubt, sie würde sich mit einem Soldaten einlassen; aber Guido mußte in Zivil ein sehr schöner Mann sein, so blond und stark; und sie suchte sich an seine Stimme zu erinnern, die sie schon vergessen hatte, während sie sich der von Rodrigues sehr wohl erinnerte. Sie mußte ihn wiedersehen, und wäre es

nur, um ihn sprechen zu hören. Je mehr sie darüber nachdachte, um so weniger begriff sie, warum sich Amelia mit Rodrigues zusammengetan hatte, statt mit ihm. Sie war froh, daß sie nicht wußte, was Amelia und Guido zusammen getrieben hatten – damals, als sie die Gläser zerschlugen.
Als der Wecker läutete, schlief sie noch immer nicht und dachte in der Wärme des Bettes an vielerlei. Beim ersten Schein des Lichts bedauerte sie, daß es nun Winter war und man die schönen Farben der Sonne nicht mehr sehen konnte. Wer weiß, ob Guido daran dachte, er, der sagte, die Farben seien alles. ›Wie schön ist das‹, sagte sich Ginia und stand auf.

## IX

Am nächsten Mittag platzte Amelia herein, aber da Severino gerade mit ihr bei Tisch saß, schwatzten sie nur von dem oder jenem. Als sie auf der Straße waren, sagte Amelia, sie sei an diesem Morgen bei einer Malerin gewesen, die ihr Arbeit geben würde. Warum sie nicht auch mitkomme? Das dumme Frauenzimmer wolle ein Bild mit zwei Frauen malen, die sich umarmten, und so würden sie miteinander Modell sitzen. »Warum malt sie nicht sich selber im Spiegel?« erwiderte Ginia. Amelia lachte. »Soll sie sich nackt hinstellen und malen?«
Ginia erwiderte, sie könne nicht nach Belieben das Schneideratelier verlassen.
»Aber die dort bezahlt uns, verstehst du?« sagte Amelia. »Es ist ein Bild, wozu sie lange brauchen wird. Wenn du nicht mitkommst, nimmt sie mich auch nicht.«
»Bist du allein ihr nicht genug?«
»Es sollen doch zwei Frauen sein, die miteinander kämp-

fen! Dazu braucht sie zwei. Es ist ein großes Bild. Wir müßten uns nur so hinstellen, als tanzten wir.«
»Ich will nicht Modell stehen«, sagte Ginia.
»Wovor hast du Angst? Sie ist ja auch eine Frau.«
»Ich will nicht.«
Sie diskutierten bis zur Trambahn, und schließlich fragte Amelia sie, was sie denn unter den Kleidern zu haben meine, daß sie es wie das Allerheiligste hüte. Sie sprach wütend, ohne sie anzublicken. Ginia gab keine Antwort. Doch als Amelia sagte, für Barbetta würde sie, Ginia, sich ganz sicher ausziehen, wenn er es wolle, lachte sie ihr ins Gesicht.
Sie verließen einander so verstimmt, daß Ginia gewiß war, Amelia werde ihr das nicht verzeihen. Anfangs zuckte Ginia darüber nur die Schultern; aber dann hatte sie plötzlich Angst bei der Vorstellung, Amelia könne sie mit Guido und Rodrigues aufziehen, und sie war nicht sicher, ob Guido unbefangen genug wäre, das von der heiteren Seite zu nehmen. ›Für ihn würde ich Modell sitzen, wenn er es wollte‹, dachte sie. Aber sie wußte recht gut, daß Amelia besser gewachsen war als sie und daß ein Maler ihr den Vorzug geben mußte. Amelia war mehr Frau.
Später ging sie für einen Augenblick ins Atelier hinauf, um eher da zu sein als Amelia. Es war um die Zeit, da Guido, wie er ihr gesagt hatte, immer dort war. Die Tür stand diesmal nicht offen. Es kam ihr in den Sinn, Guido sei vielleicht mit jenen beiden im Café. Sie ging am Café vorüber und schaute einen Augenblick durch die Scheiben; aber dort saß nur Amelia und rauchte, den Kopf auf die Faust gestützt. ›Die Ärmste‹, dachte sie und kehrte nach Hause zurück.
Nach dem Abendessen sah sie von der Straße aus, daß das Atelier erleuchtet war, und eilte zufrieden hinauf; aber Guido war nicht da. Rodrigues öffnete ihr, ließ sie eintre-

ten und sagte, sie möge entschuldigen, er habe gerade Hunger und esse. Er aß Salami von einem Stück Papier und stand dabei gegen den Tisch gelehnt, in dem gleichen traurigen Licht wie damals beim ersten Mal. Er aß und biß ins Brot wie ein Junge; wäre seine Haut nicht so dunkel und der Blick nicht so falsch gewesen, so hätte Ginia vielleicht gar einen Scherz gemacht. Er bot ihr an, ob sie mitessen wolle, aber Ginia fragte ihn nur nach Guido.
»Wenn er nicht kommt, muß er im Quartier bleiben«, erwiderte Rodrigues. »Dann sitzt er in der Kaserne fest.«
›Na, da gehe ich wieder‹, dachte Ginia, aber sie wagte es nicht zu sagen, weil Rodrigues sie mit solchen Augen ansah und dann merken würde, daß sie nur Guidos wegen gekommen war. Sie betrachtete unschlüssig das Zimmer, das in jenem Licht wirklich jammervoll wirkte, betrachtete die Tüten und die Zigarettenstummel, die auf dem Boden umherlagen, und fragte, ob Rodrigues jemanden erwarte.
»Ja«, sagte Rodrigues und hörte auf zu kauen.
Nicht einmal da war Ginia imstande, fortzugehen. Sie fragte ihn, ob er Amelia gesehen habe.
»Ihr tut nichts, als hintereinander herlaufen«, sagte Rodrigues und sah sie an. »Warum? Wo ihr doch beide Frauen seid!«
»Warum?« sagte Ginia.
Rodrigues grinste. »Warum? Das müßt ihr selber wissen. Aus Intuition. Macht man es unter Frauen nicht so?«
Da kämpfte Ginia einen Augenblick mit sich und sagte dann: »Hat Amelia mich gesucht?«
»Weit besser«, sagte Rodrigues. »Sie will dich sehen.«
Der Vorhang hinten teilte sich, und es erschien Amelia. Sie kam ungestüm heraus, und Rodrigues brach sich einen Bissen ab und lief um den Tisch, als spielten sie Haschen. Amelia hatte keinen Hut auf und blieb, so wütend sie

schien, lachend im Zimmer stehen. Doch sie lachte unangenehm. Sie sagte: »Wir wußten nicht, daß du kommen würdest.«
»Ach, ihr eßt gerade«, sagte Ginia trocken.
»Ein kleines intimes Essen«, sagte Rodrigues. »Aber zu dritt wird es noch intimer sein.«
»Du suchst Guido«, sagte Amelia.
»Ich kam für einen Augenblick herauf, aber Rosa erwartet mich. Es ist schon spät.«
Amelia rief ihr zu: »Bleib doch, du albernes Ding.« Aber Ginia sagte: »Ich bin kein albernes Ding«, und rannte die Treppe hinunter.
Als sie um die Ecke bog, meinte sie allein zu sein – aber hinter ihr her kamen kleine eilige Schritte. Es war Amelia, ohne Hut. »Warum läufst du weg? Du wirst doch Rodrigues nicht geglaubt haben?«
Ginia sagte, ohne innezuhalten: »Laß mich in Ruhe!«
Sie verbrachte etliche Tage mit einem Herzklopfen, als reiße sie noch immer aus. Wenn sie an die beiden dort oben im Atelier dachte, ballte sie die Fäuste. An Guido wagte sie nicht zu denken, und sie wußte nicht, wie sie es anstellen solle, ihn wiederzusehen. Sie war überzeugt, sie habe auch ihn verloren.
›Ich bin eben doch ein albernes Ding‹, dachte Ginia schließlich, ›warum reiße ich immer aus? Ich habe noch nicht gelernt, allein zu sein. Wenn sie mich haben wollen, mögen sie mich suchen.‹
Von jenem Tag an war sie ruhig, dachte an Guido, ohne sich aufzuregen, und begann auf Severino zu achten: er blickte, wenn jemand etwas zu ihm sagte, zu Boden, ehe er antwortete, und gab dem, der gesprochen hatte, nie recht – lieber verhielt er sich still. Und er war nicht stumpft, sondern eben ein Mann. Sie hingegen hatte es bisher gemacht wie Rosa. Es war nur natürlich, daß die

Menschen so mit ihr umgingen, wie sie mit Rosa umgingen.
Sie suchte im Kino oder im Tanzlokal nach niemandem mehr. Sie begnügte sich damit, ganz allein durch die Straßen zu spazieren und manchmal bis in die Innenstadt zu gehen. Es war November, und an bestimmten Abenden nahm sie die Tram, stieg bei den Lauben aus, ging eine Weile umher und kehrte dann nach Hause zurück. Immer hoffte sie, Guido zu begegnen, und allen Soldaten spähte sie verstohlen ins Gesicht. Nur um etwas zu erfahren, wagte sie sich einmal, mit klopfendem Herzen, vor Amelias Café und sah dort viele Leute, aber sie nicht.
Die Tage verflossen langsam, doch die Kälte half ihr, im geschlossenen Raum zu bleiben, und Ginia dachte in jener schwermütigen Stimmung, so einen Sommer wie den letzten würde sie nie wieder erleben. ›Ich war eine andere‹, dachte sie, ›es ist unmöglich, daß ich so verrückt war. Wunderbarerweise ist es mir gut ausgegangen.‹ Daß es im nächsten Jahr wieder Sommer werden würde, schien ihr unglaubhaft. Und sie sah sich schon mit rotgeweinten Augen abends allein durch die Alleen laufen, in der lauen Luft, von zu Hause zur Arbeit, von der Arbeit nach Hause, wie ein Mädchen von dreißig Jahren. Das schlimmste war, daß sie nicht einmal mehr wie früher Lust hatte, jene halbe Stunde auf dem Bett im Dunkeln zu liegen. Auch wenn sie in der Küche arbeitete, dachte sie an ihr Schneideratelier, und es blieb immer noch Zeit übrig, in die Luft zu gucken.
Später merkte sie, daß sie auf diese Art nicht mehr als vierzehn Tage zugebracht hatte. Sie hoffte immer, sie werde, wenn sie aus dem Atelier komme, an der Tür irgend etwas Neues vorfinden, und daß niemand je auf sie wartete, gab ihr das Gefühl, sie habe den Tag verloren, es könne genausogut morgen, übermorgen sein, und sie warte und warte

auf etwas, das nie kam. ›Ich bin noch nicht siebzehn Jahre‹, dachte sie, ›ich habe viel Zeit.‹ Aber sie verstand nicht, warum Amelia, die ihr ohne Hut nachgerannt war, sich nicht mehr blicken ließ. Vielleicht hatte sie nur Angst gehabt, sie werde sie verpetzen.
Eines Nachmittags kam Signora Bice und sagte ihr, man verlange sie am Telefon. »Es ist eine Frau mit einer Männerstimme«, sagte sie. Es war Amelia. »Hör, Ginia, sag der Signora, daß es Severino nicht gut geht, und komm zu uns. Guido ist auch da. Wir wollen miteinander essen.« – »Und Severino?« – »Geh rasch nach Hause und mach ihm schnell die Pasta, und dann komm. Wir erwarten dich.«
Ginia gehorchte, ging rasch nach Hause und sagte zu Severino, sie äße mit Amelia; sie brachte sich das Haar in Ordnung und ging fort. Es regnete. ›Amelia hat wirklich eine Stimme, als hätte sie die Schwindsucht‹, dachte sie. ›Die Ärmste!‹
Sie war entschlossen, auszureißen, wenn Guido nicht da wäre. Im Atelier waren Amelia und Rodrigues, die beiden zündeten in dem dämmerigen Licht den Petroleumofen an. »Und Guido?« fragte sie. Amelia erhob sich und wies mit dem Handrücken über ihre Stirn hinweg nach dem Vorhang. Aus dem Vorhang kam der Kopf von Guido, der ihr »Ciao« zurief, und da lächelte Ginia ihm zu. Der Tisch war eine einzige Unordnung von Tellern, Papier und Vorräten. In diesem Augenblick erschien an der Decke der ringförmige Widerschein des Ofens. »Macht das Licht an«, rief Guido. »Nein, es ist schön so; es soll bleiben, wie es ist«, sagte Amelia.
Warm war es nicht, man mußte den Mantel anbehalten. Ginia schob den Vorhang beiseite, ging zum Waschtisch und fragte von dort aus laut: »Was ist heute abend für ein Fest?« – »Wenn du willst, das deine«, sagte Guido leise

zu ihr, während er sich die Hände abtrocknete. »Warum bist du nicht mehr gekommen?«

»Ich bin gekommen, aber Sie waren nicht da«, sagte Ginia.

»Sag du zu mir«, sagte Guido, »heute abend sagen wir alle du zueinander.«

»Waren Sie im Quartier?« fragte Ginia.

»Warst du im Quartier«, sagte Guido und strich ihr mit den Fingern zärtlich über das Haar.

Da wurde hinter ihnen das Licht angemacht, Ginia ließ den Vorhang fallen und betrachtete das Bild mit der Melone.

Sie warteten mit dem Essen, bis es wärmer würde. Wenn man so im Mantel umherging, die Hände in der Tasche, meinte man, man sei im Café. Rodrigues schenkte sich zu trinken ein und füllte weitere drei Gläser. »Fang noch nicht an«, sagte Amelia. Rodrigues sagte, anfangen müsse man. Dann trugen sie den Tisch ans Sofa, vorsichtig, um die Gläser nicht umzuwerfen, und Ginia setzte sich rasch mit Amelia aufs Sofa.

Es gab Salami, Obst, Gebäck und zwei Flaschen Wein. Ginia überlegte sich, ob das die Feste wären, die Amelia früher mit Guido gefeiert hatte, und fragte ihn danach, als sie schon ein Glas Wein getrunken hatte. Die beiden lachten und fingen an, sich all den Unsinn zu erzählen, den sie hier angestellt hatten. Ginia hörte neiderfüllt zu, sie meinte, sie sei zu spät zur Welt gekommen, und schalt sich ein albernes Ding. Sie begriff, daß man mit Malern nicht zu ernst umgehen solle, weil sie ein Leben führen, das anders ist als das der übrigen; Rodrigues allerdings, der nicht malte, verhielt sich ruhig und kaute, und wenn er etwas äußerte, tat er das nur so, daß er die andern auf den Arm nahm. Er betrachtete sie verstohlen-boshaft, und all ihren Zorn darüber, daß Guido sich mit Amelia vergnügt hatte,

übertrug Ginia nun auf Rodrigues. »Es ist nicht recht«, sagte sie weinerlich, »einem, der nicht dabei war, diese Dinge zu erzählen.«
»Aber heute abend bist du dabei«, sagte Amelia. »Also amüsiere dich.«
Da packte Ginia die Lust, eine schreckliche Lust, mit Guido allein zu sein. Und doch war ihr klar, daß sie den Mut nur darum hatte, weil Amelia hier neben ihr saß. Sonst wäre sie ausgerissen.
›Ich habe immer noch nicht gelernt, ruhig zu sein‹, wiederholte sie sich. ›Ich darf mich nicht aufregen.‹
Dann zündeten sich die andern Zigaretten an und gaben auch ihr eine. Ginia wollte nicht, aber Guido setzte sich neben sie, zündete sie ihr an und sagte, sie solle den Rauch nicht einatmen. Die beiden andern kabbelten sich auf der Ecke des Sofas.
Da sprang Ginia auf und schob Guidos Hände weg, sie legte die Zigarette hin und ging, ohne zu sprechen, quer durch das Atelier. Sie hob den Vorhang und blieb im Dunkeln stehen. Hinter ihr sprachen sie, es war nur wie ein fernes Summen. »Guido«, flüsterte sie, drehte sich nicht um und warf sich, das Gesicht nach unten, aufs Bett.

## X

Sie gingen alle vier zusammen aus dem Haus, ohne zu sprechen, und Guido und Rodrigues begleiteten sie zur Trambahn. Guido sah mit der Mütze über den Augen ganz fremd aus, aber er preßte ihre Hand und sagte zu ihr: »Ginetta, du Liebe.« Im Gehen schien ihr, als sinke der Fußsteig unter ihr ein. Amelia hakte Ginia unter.
Während sie auf die Trambahn warteten, fingen sie an, über Fahrräder zu sprechen. Aber Guido trat neben sie

und sagte leise: »Wehe, wenn du deine Meinung änderst! Ich würde dich nie mehr malen.« Ginia lächelte ihm zu und hielt seine Hand.

Als sie eingestiegen waren, starrte Ginia auf den Rücken des Fahrers und sagte kein Wort. »Geh nach Hause und lege dich ins Bett«, sagte Amelia. »Es ist mehr der Wein als anderes.« – »Ich bin nicht beschwipst«, sagte Ginia, »glaub nur das nicht!« – »Willst du, daß ich dir Gesellschaft leiste?« fragte Amelia. »Laß mich in Ruhe.« Da sprach Amelia von früher, um ihr zu erklären, wie es dahin gekommen war, aber Ginia horchte auf das Rattern der Trambahn.

Als sie zu Hause allein war, fühlte sie sich langsam besser, weil sie niemandes Blick mehr auf sich spürte. Sie setzte sich aufs Bett, blieb eine Stunde so sitzen und blickte zu Boden. Dann plötzlich zog sie sich aus, kroch unter die Decke und löschte das Licht.

Am nächsten Morgen schien die Sonne; während Ginia sich anzog, war ihr, als sei sie krank gewesen. Sie dachte daran, daß Guido schon seit drei Stunden auf den Beinen war, lächelte zu ihrem Spiegelbild hin und warf ihm eine Kußhand zu. Dann ging sie aus, bevor Severino zurückkam.

Sie staunte, daß sie wie immer umherlief und Hunger hatte, und dachte nur an das eine: daß sie von nun an ohne jene beiden mit Guido zusammen sein wollte. Aber Guido hatte ihr nur gesagt, sie solle ins Atelier kommen; von Verabredungen außerhalb hatte er nicht gesprochen. ›Ich muß ihm richtig gut sein‹, dachte Ginia, ›sonst bin ich schlimm dran.‹ Plötzlich war es wieder Sommer geworden, daß man Lust hatte, umherzugehen, zu lachen, fröhlich zu sein. Sie konnte das, was geschehen war, kaum glauben. Lachen mußte sie bei dem Gedanken, im Dunkeln hätte sie genausogut Amelia sein können, und für Guido wäre es das gleiche gewesen. ›Man sieht, ich gefalle ihm so, wie ich rede, wie ich blicke, wie ich bin; ich gefalle ihm zum Freundschaftschließen, er ist mir gut. Er hat nicht geglaubt, daß ich siebzehn bin, er hat mich auf die Augen geküßt; ich bin wirklich eine Frau.‹

Jetzt war es schön, den ganzen Tag zu arbeiten, weil man ans Atelier dachte und auf den Abend wartete. ›Ich bin mehr als ein Modell‹, sagte sich Ginia, ›wir sind Freunde.‹

Amelia tat ihr leid, weil sie nicht einmal begriff, was an Guidos Bildern schön war. Doch als sie sie um zwei Uhr abholte, wollte Ginia sie etwas fragen – sie wußte nur nicht, wie. Guido danach zu fragen, dazu fehlte ihr der Mut.

»Hast du jemanden getroffen?« fragte sie sie.

Amelia zuckte die Achseln.

»Als du gestern das Licht ausgemacht hast, war mir richtig schwindelig, ich glaube, ich habe geschrien. Hast du mich schreien hören?«

Amelia horchte ganz ernsthaft zu. »Ich habe gar nicht das Licht ausgemacht«, sagte sie langsam, »ich weiß nur, du warst verschwunden. Es scheint, Guido hat dich tüchtig vorgenommen. Habt ihr euch wenigstens amüsiert?«

Ginia zog eine Grimasse und sah gerade vor sich hin. Sie gingen weiter, bis zur nächsten Haltestelle.

»Bist du Rodrigues gut?« fragte Ginia.

Amelia seufzte und sagte dann: »Hab keine Ahnung. Blonde Männer gefallen mir nicht. Wenn überhaupt, mag ich lieber blonde Frauen.«

Da lächelte Ginia und sagte nichts mehr. Sie war zufrieden, daß sie so mit Amelia umherging und wußte, sie waren sich einig. Unter den Lauben verabschiedeten sie sich ruhig voneinander; Ginia sah ihr von der Ecke aus nach und fragte sich, ob sie nun für jene Malerin Modell stehe.

Sie aber ging um sieben Uhr wieder ins Atelier und stieg die vielen Stockwerke hinauf, langsam, um nicht rot zu werden. Sie stieg langsam hinauf, nahm jedoch zwei Stufen auf einmal. Dabei überlegte sie sich, daß man Guido, falls er nicht da wäre, das nicht zum Vorwurf machen könne. Aber die Tür stand offen. Guido hörte ihren Schritt und ging ihr auf den Flur entgegen. Jetzt war Ginia wahrhaft glücklich.

Sie hätte gern mit ihm geredet und ihm mancherlei gesagt – doch Guido schloß die Tür und umarmte sie zunächst einmal. Durch die Scheiben kam noch ein wenig Licht, und Ginia versteckte das Gesicht an seiner Schulter. Sie spürte die Wärme der Haut durch das Hemd hindurch. Sie setzte sich aufs Sofa, und Ginia weinte, ohne ein Wort zu sprechen.

Dabei dachte sie: ›Wenn Guido doch auch weinen wollte‹, und spürte im Herzen einen Stich, der ihr heiß durch den ganzen Körper fuhr; sie meinte, sie würde ohnmächtig. Doch plötzlich fehlte ihr der Halt, sie öffnete die Augen – Guido hatte sich erhoben, er stand vor ihr und betrachtete sie neugierig. Da hörte sie auf zu weinen, weil ihr schien, sie weine so geradezu in der Öffentlichkeit. Unter jenem Blick, den Ginia noch gar nicht richtig wahrnahm, traten ihr wieder die Tränen in die Augen. »Hoho«, sagte Guido in scherzhaftem Ton, »man kommt um so weniges auf die Welt – da braucht man doch nicht zu weinen!« –

»Ich habe geweint, weil ich froh bin«, sagte Ginia leise.

»Na schön«, sagte Guido. »Aber ein andermal sag das gleich.«

So verging jene halbe Stunde, in der Ginia ihn so vielerlei hatte fragen wollen – über Amelia, über ihn, über seine Bilder, und was er abends tue und ob er ihr gut sei –, und sie fand nicht den Mut dazu und erreichte nur soviel, daß sie hinter den Vorhang gingen, weil ihr schien, im Licht sähen alle zu. Hier sagte ihm Ginia, während sie sich küßten, leise, gestern habe er ihr so weh getan, daß sie hätte schreien mögen, und da wurde Guido noch liebevoller und redete ihr gut zu und war recht zärtlich und sagte ihr ins Ohr: »Du wirst sehen, es geht vorbei, du wirst schon sehen. Tu ich dir weh?« Dann, während sie in jener leichten Wärme ausgestreckt lagen und sich abkühlten, erklärte er ihr vielerlei und sagte, auf ein Mädchen wie sie nehme er Rücksicht, darauf könne sie sich verlassen. Da faßte Ginia im Dunkeln seine Hand und küßte sie.

Nun, da sie wußte, daß Guido so gut war, wurde sie mutiger; den Kopf an seine Schulter gelehnt, sagte sie, sie wolle ihn immer allein sehen, denn mit ihm fühle sie sich wohl, mit den andern aber nicht. »Abends kommt Rodrigues zum Schlafen her«, sagte Guido, »du wirst doch nicht wollen, daß ich ihn auf die Straße setze! Hier wird gearbeitet, verstehst du?« Aber Ginia sagte, sie begnüge sich mit einer Stunde, mit einem Augenblick, sie arbeite ja auch, und sie werde jeden Abend um diese Zeit auf einen Sprung herkommen, doch sie wolle ihn allein vorfinden. »Kommt Rodrigues, wenn du wieder in Zivil bist, noch weiter her?« fragte sie ihn. »Ich würde dir so gern beim Malen zusehen, aber es dürfte niemand dabeisein.« Dann sagte sie ihm, sie würde für ihn Modell sitzen, doch nur unter jener Bedingung. Sie lagen im Dunkeln, und Ginia merkte gar nicht, daß es Nacht wurde. An dem Abend mußte Severino mit kaltem Essen zur Arbeit gehen, aber es war nicht das erstemal, und er hatte sich nie beklagt. Ginia verließ das Atelier erst, als Rodrigues kam.

Jene letzten Tage vor der Entlassung benutzte Guido dazu, am Abend Leinwand zum Malen vorzubereiten und sie trocknen zu lassen, die Staffelei zu richten und alles wieder zu ordnen. Nie ging er aus. Es schien ausgemacht, daß Rodrigues weiter bei ihm wohnen würde. Aber Rodrigues wußte nichts zu tun, als alles durcheinanderzuwerfen und ein Gespräch anzufangen, wenn Ginia Eile hatte. Ginia hätte Guido so gern beim Saubermachen geholfen und ihm das Atelier in Ordnung gebracht; doch wenn Rodrigues auftauchte, war ihr klar, daß er sie beide stören würde, und so ging sie wieder mit Amelia aus. Sie gingen zusammen ins Kino, denn beide hatten etwas voreinander zu verstecken, und es war nicht leicht, den Abend mit Gesprächen zu verbringen. Es war Amelia anzumerken, daß irgend etwas sie sehr beschäftigte, denn sie spottete ziemlich bitter über blonde Frauen und blonde Männer. Doch jetzt mochte Ginia sie gut leiden und war nicht imstande, ein Gefühl vor ihr zu verbergen. Während sie nach Hause zurückkehrten, sprach sie.

Sie fragte sie, ob sie sich mit jener Malerin verständigt habe. Amelia tat erstaunt und sagte, das solle sie auf sich beruhen lassen. »Aber was hast du denn?« fragte Ginia. »Ich habe zwar nie Modell gesessen, aber es tut mir leid, daß du die Arbeit dort verloren hast.« – »Nun hör schon auf damit«, sagte Amelia, »du hast in diesen Tagen die Liebe erlebt und pfeifst auf alle anderen. Und du tust gut daran. Aber ich an deiner Stelle würde mich vorsehen.« – »Warum?« fragte Ginia.

»Was sagt Severino dazu? Gefällt ihm der Schwager?« sagte Amelia lachend.

»Warum soll ich mich vorsehen?« fragte Ginia.

»Du nimmst mir meinen hübschen Maler weg und fragst das noch?«

Das gab Ginia einen Stich ins Herz; sie ging weiter und spürte, wie Amelia sie ansah. »Hast du für Guido Modell gesessen?«

Amelia hakte sie unter und sagte: »Ich habe doch nur Spaß gemacht!« Dann, nach einem Schweigen: »Ist es nicht schöner, wenn wir zwei, die wir Frauen sind und es wissen, miteinander spazierengehen, als daß wir uns das Blut verderben mit unerzogenen Jungen, die nie erfahren haben, was ein Mädchen ist, und das erste, das ihnen unter die Finger kommt, drankriegen?«

»Aber du gehst ja auch mit Rodrigues«, sagte Ginia.

Amelia hob die Schultern und machte »Puh!« – »Eins mußt du mir sagen: ist Guido wenigstens vorsichtig?« – »Ich weiß es nicht.«

Amelia hob ihr das Kinn hoch und zwang sie, stehenzubleiben. »Sieh mir ins Gesicht«, sagte sie. Sie standen im Schatten eines Toreingangs. Ginia leistete keinen Widerstand, es handelte sich ja um Guido; und Amelia gab ihr rasch einen Kuß auf den Mund.

## XI

Sie gingen weiter, und Ginia lächelte erschreckt; Amelia sah noch immer zu ihr hin.

»Putz dir den Lippenstift ab«, sagte Amelia mit ruhiger Stimme. Ginia blickte, ohne stehenzubleiben, in den Spiegel, bis sie zur nächsten Straßenlampe kamen, wagte jedoch nicht, das Rot wegzuwischen, und strich sich, ihre Augen betrachtend, die Haare glatt.

»Daß du es weißt: heute abend habe ich getrunken«, sagte Amelia, als sie an der Lampe vorüber waren.

Ginia steckte den Spiegel ein und ging weiter, ohne darauf zu antworten. Ihre Schritte hallten auf dem Fußsteig. Als sie an der Ecke waren, wollte Amelia stehenbleiben. »Dorthin«, sagte Ginia. Sie bogen zusammen um die Ecke, und als sie am Haustor waren, sagte Amelia: »Dann ciao.« – »Ciao«, sagte Ginia und ging allein weiter.

Am nächsten Tag machte Guido das Licht an, als sie eintrat, denn draußen war Nebel, und bei den großen Scheiben schien es, als sei man mitten darin. »Warum machst du nicht den Ofen an?« fragte sie. »Er ist an«, sagte Guido, der diesmal die Jacke anhatte. »Hab keine Angst, diesen Winter machen wir den Kamin.« Ginia hob, als sie durch das Zimmer ging, ein Stück Stoff hoch, das an die Wand genagelt war, und fand dort einen kleinen Kamin, vollgestopft mit zerbrochenem Geschirr und Bücherstößen. »Wie hübsch er ist! Und der, der Modell steht, setzt sich hierher?« – »Wenn es ein Aktmodell ist«, sagte Guido. Dann zogen sie unter dem Bett beim Vorhang einen Koffer hervor, darin lag Guidos Zeug zum Anziehen. »Hast du schon Modelle gehabt?« fragte Ginia. »Zeig mir die Mappen mit den Zeichnungen!«

Guido nahm sie beim Arm. »Wieviel du über Maler weißt! Sag mir doch, kennst du welche?« Ginia legte scherzend den Finger auf die Lippen und wand sich, um sich von seinem Griff loszumachen. »Zeig mir lieber die Mappen. Du und Amelia, ihr sagtet, es kämen viele Mädchen her.« – »Natürlich«, sagte Guido, »es ist ja mein Beruf.« Dann küßte er sie, um sie festzuhalten. »Wen kennst du?«

»Aber niemanden!« Ginia umarmte ihn und sagte: »Ich möchte nur dich kennen, und daß nie jemand hierherkäme.« – »Wir würden uns langweilen«, sagte Guido.

An jenem Abend wollte Ginia fegen, doch es war kein Besen da, und sie begnügte sich damit, das Bett hinter dem Vorhang zu machen – es war dort schmutzig wie in einer Höhle. »Wirst du hier schlafen?« fragte sie. Guido sagte, nachts sehe er gern die Fenster, er werde auf dem Sofa schlafen. »Dann mache ich das Bett nicht«, sagte Ginia.

Als sie am nächsten Tage kam, hatte sie in der Handtasche ein Päckchen. Es war ein Schlips für Guido. Guido nahm ihn und probierte ihn aus Spaß auf dem graugrünen Hemd. »Zum Zivil wird er gut passen«, sagte Ginia. Dann gingen sie hinter den Vorhang und umarmten sich auf dem ungemachten Bett; sie zogen die Decke über sich, denn es war kalt. Guido sagte, es sei an ihm, ihr Geschenke zu machen, und Ginia bat ihn mit einer Grimasse um einen Besen für das Atelier.

Die Tage, an denen sie sich nur so flüchtig sahen, waren die schönsten; doch nie hatte man Zeit, ein bißchen in Ruhe miteinander zu reden, denn immer konnte Rodrigues plötzlich kommen, und Ginia wollte nicht, daß er sie ohne Schuhe antraf. Doch an einem der letzten Abende sagte Guido, er wolle sich revanchieren, und sie besprachen, sie würden nach dem Essen ausgehen. »Laß uns ins Kino gehen«, sagte Guido. »Warum? Gehen wir lieber spazieren, es ist so schön, beieinander zu sein.« –

»Aber es ist kalt«, sagte Guido.

»Wir können ins Café gehen oder in ein Tanzlokal.« – »Ich tanze nicht gern«, sagte Guido.

Sie einigten sich, und auf Ginia machte es Eindruck, neben einem Sergeanten zu gehen, aber sie dachte: es ist ja er, Guido. Er legte seinen Arm unter ihre Achsel, als sei sie ein kleines Mädchen. Doch er mußte immerzu die Offiziere grüßen, und da ging Ginia auf die andere Seite und hängte sich an seinen Arm. So gingen sie, und es war, als sei es gar nicht mehr die gleiche Straße.

›Wenn wir Amelia träfen‹, dachte Ginia und hätte beinahe gelacht; da erzählte sie Guido rasch von der Signora Bice. Guido sagte im Scherz: »In drei Tagen brauche ich sie nicht mehr zu grüßen, diese geschwänzten Affen. Sieh her, was für Gesichter: wie vom Tabakladen.« – »Auch Amelia«, sagte Ginia, »bleibt gern stehen und lacht den Vorübergehenden ins Gesicht.«

»Amelia übertreibt manchmal. Kennst du sie schon lange?«

»Wir wohnen nahe beieinander«, sagte Ginia. »Und du?«

Da erzählte ihr Guido von jenem Jahr, als er das Atelier gemietet hatte und seine Freunde, die Studenten, ihn besuchten, und einer war dabei, der war später Mönch geworden. Amelia stand noch nicht Modell, aber sie amüsierte sich gern, sie kamen am Tag und am Abend und lachten und tranken, während er versuchte zu arbeiten. Wie es mit Amelia das erstemal gewesen war, daran erinnerte er sich wirklich nicht. Dann war der eine Soldat geworden, ein anderer hatte die Prüfungen gemacht, einer hatte geheiratet: das lustige Leben war aus.
»Tut es dir leid?« fragte Ginia und sah ihn an.
»Noch mehr tut es dem Mönch leid, er schreibt mir ab und zu und fragt mich, ob ich arbeite und ob ich jemanden sehe.«
»Aber dürfen sie denn schreiben?«
»Sie sind ja nicht im Gefängnis«, sagte Guido. »Das war der einzige, dem meine Bilder gefielen. Du müßtest ihn sehen: ein Mann, so kräftig wie ich, groß, mit Mädchenaugen. Er verstand alles, es ist zu schade!«
»Aber du wirst kein Mönch werden, Guido?«
»Da ist keine Gefahr.«
»Rodrigues gefallen deine Bilder auch nicht. Der hat ein Priestergesicht, der schon!«
Guido aber verteidigte Rodrigues und sagte, er sei ein ungewöhnlicher Maler und einer, der nachdenke, bevor er male, und nichts nur so eben mal tue; nur die Farbe fehle ihm. »In seinem Land gibt es zu viele Farben«, sagte er. »Daran hat er sich von klein auf überfressen, und jetzt möchte er ohne Farben malen. Aber tüchtig ist er, o ja.«
»Läßt du mich zusehen, wenn du mit Farben malst?« fragte Ginia und drückte seinen Arm.
»Falls ich dazu noch imstande bin, wenn ich diese Uniform ausziehe. Früher, ja, da habe ich gearbeitet. Ich

machte in der Woche ein Bild. Das Leben damals regte mich an. Die schöne Zeit ist aus.«
»An mir liegt dir nichts?« sagte Ginia.
Da drückte Guido ihren Arm. »Du bist ja nicht der Sommer. Du weißt nicht, was das ist: ein Bild machen. Ich müßte mich in dich verlieben, um klug zu werden. Und da würde ich Zeit verlieren. Du mußt wissen: ein Mann arbeitet nur, wenn er Freunde hat, die ihn verstehen.«
»Bist du nie verliebt gewesen?« fragte Ginia, ohne ihn anzublicken.
»In euch Mädchen? Ich habe keine Zeit.«
Als sie es müde waren, umherzuspazieren, gingen sie ins Café, um zu tun, was Verliebte so tun; Guido steckte sich eine Zigarette an und hörte auf das, was sie sagte, wobei er die Menschen beobachtete, die ein- und ausgingen. Dann zeichnete er, um sie zufriedenzustellen, mit dem Bleistift ihr Profil auf den Marmor. Einmal, als sie allein waren, sagte Ginia zu ihm: »Weißt du, ich bin froh, daß du nie verliebt gewesen bist.«
»Wenn es dir Spaß macht«, sagte Guido.
Sie beschlossen den Abend etwas trübsinnig, denn es kam heraus, daß Guido, sobald er entlassen war, rasch in seinen Heimatort fahren mußte, um der Mutter guten Tag zu sagen. Ginia tröstete sich, so gut sie konnte, damit, daß sie ihn aufforderte, von seiner Familie und seinem Zuhause zu erzählen, von dem Beruf seines Vaters und von der Zeit, als er ein Junge war. Sie erfuhr, daß er eine Schwester hatte, sie hieß Luisa, aber es mißfiel ihr, daß Guido im Grunde ein Bauer war. »Als Junge lief ich barfuß«, bekannte er ihr lachend, und da begriff Ginia, warum seine Hände so kräftig waren und warum er so schleppend sprach, und sie glaubte, ein Bauer könne doch kein Maler sein! Das Sonderbare war, daß Guido sich dessen rühmte; und als Ginia zu ihm sagte: »Aber du lebst doch hier«, gab

er zur Antwort, die wahre Malerei mache man auf dem Land. »Aber du lebst hier«, wiederholte Ginia. Da sagte Guido: »Wohl fühle ich mich nur auf der Höhe eines Hügels.«

Von da an dachte Ginia, wer weiß warum, viel an jene Luisa, beneidete sie, daß sie Guidos Schwester war, und suchte sich die Gespräche vorzustellen, die Guido als Junge mit ihr geführt hatte. Jetzt verstand sie, warum Amelia ihn nie hätte haben wollen. ›Wäre er nicht Maler, so würde er irgendein Bauer sein‹, und sie stellte ihn sich als einen jungen Mann vor, der zum Heeresdienst einberufen war, als so einen Jungen, wie sie im März, das Tuch um den Hals, singend umherziehen und Soldaten werden. ›Aber er lebt hier‹, dachte sie, ›und hat studiert, und wir haben das gleiche Haar.‹ Wer weiß, vielleicht war auch Luisa blond. In jener Nacht schloß Ginia, sobald sie zu Hause war, ihre Tür ab, zog sich dann vor dem Spiegel aus und betrachtete sich ängstlich, wobei sie ihre Haut mit der Farbe von Guidos Nacken verglich. Jetzt war all das Schlimme vorbei, es schien ihr merkwürdig, daß ihr keine Zeichen davon geblieben sein sollten. Sie stellte sich vor, sie sitze Guido Modell, und sie setzte sich auf einen Stuhl wie Amelia damals in Barbettas Atelier. Wer weiß, wie viele Mädchen Guido gehabt hatte. Die einzige, die er noch nicht richtig gesehen hatte, war sie, und Ginia bekam schon Herzklopfen, wenn sie daran dachte. Es wäre schön gewesen, ganz plötzlich so zu werden wie Amelia, braun, schlank und gleichgültig. So wie sie war, konnte sie sich vor Guido nicht nackt sehen lassen. Zuvor mußten sie heiraten.

Aber Ginia wußte, er würde sie nie heiraten, so gut er ihr war. Das hatte sie bereits an dem Abend gewußt, da sie sich von ihm hatte nehmen lassen. Es war schon sehr gut von Guido, daß er noch immer die Arbeit liegenließ, um

mit ihr hinter den Vorhang zu kommen. Sie würde ihn nur weiter sehen können, wenn sie sein Modell wurde. Sonst nahm sich Guido eines Tages eine andere.
Ginia wurde es kalt, dort vor dem Spiegel, und sie nahm rasch den Mantel um die nackten Hüften, die schon Gänsehaut bekamen. ›Ja, so würde ich sein, wenn ich Modell säße‹, sagte sie sich und beneidete Amelia, die keine Scham mehr empfand.

## XII

Als Ginia Guido am Abend vor seiner Abreise zum letztenmal sah, spürte sie plötzlich: das Lieben, so wie es ihm gefiel, war geradezu etwas zum Umkommen, und sie blieb wie betäubt, so daß Guido den Vorhang beiseite schob, um ihr ins Gesicht zu sehen; doch Ginia hielt ihm die Hände fest und wollte nicht. Als dann Rodrigues kam und Ginia die beiden ihren Gesprächen überließ, verstand sie mit einemmal, was es bedeutet, wenn man nicht verheiratet ist und nicht Tag und Nacht miteinander verbringen kann. Sie ging ganz verwirrt die Treppen hinunter, und diesmal war sie davon überzeugt, nicht mehr sie selbst zu sein: alle würden es merken. ›Darum‹, so dachte sie, ›ist es verboten, sich so miteinander zu vergnügen, nur darum.‹ Und sie fragte sich, ob auch Amelia, ob auch Rosa da hindurchgegangen seien. In den Schaufenstern sah sie sich wie betrunken daherkommen; sie spürte, sie war eine andere als das Bild dort, das wie ein Schatten vorüberging. Jetzt verstand sie, warum alle Schauspielerinnen so müde Augen haben. Aber es mußte nicht dies sein, was schwanger macht, denn Schauspielerinnen haben keine Kinder.
Sobald Severino fortgegangen war, verschloß Ginia die Tür und zog sich vor dem Spiegel aus. Sie fand, sie war

immer noch die gleiche, und sie kam sich unmöglich vor. Sie empfand ihre Haut wie vom Körper getrennt, und wieder durchliefen sie einige kühle Schauer. Aber verändert war sie nicht, sie war bleich und weiß wie immer. ›Wäre Guido hier, würde er mich so sehen‹, dachte sie ganz rasch, ›dann würde ich zulassen, daß er mich betrachtet. Ich würde zu ihm sagen: Jetzt bin ich wirklich eine Frau.‹

Es kam der Sonntag, und ihn ohne Guido zu verbringen, war schlimm. Amelia kam sie abholen, und Ginia war glücklich, denn jetzt machte diese sie nicht mehr ängstlich: sie konnte ja an Guido denken und brauchte sie nicht mehr ernst zu nehmen. Sie ließ sie schwatzen und dachte indes an ihr Geheimnis. Amelia, die Ärmste, war mehr allein als sie.

Nicht einmal Amelia wußte, wohin sie gehen sollten. Es war ein kurzer, kalter Nachmittag, ganz feucht vom Nebel, der einem auch die Lust nahm, auf den Sportplatz zu gehen, um sich das Spiel anzuschauen. Amelia bat sie um einen Kaffee und wollte zu Hause bleiben, auf dem Sofa liegen und reden. Aber Ginia setzte sich den Hut auf und sagte: »Gehen wir aus. Wir wollen auf den Hügel gehen.«

Amelia ließ sich, sonderbar genug, kommandieren: sie war an jenem Tage faul. Sie nahmen die Trambahn, damit es schneller ging, und wußten nicht, wozu. Ginia bestimmte, ging los, wählte die Straßen, als habe sie ein Ziel. Als sie die Steigung in Angriff nahmen, begann es leicht zu regnen, und Amelia beklagte sich und wollte von dem Ausflug nichts mehr wissen. »Es ist nur Nebel, der fällt«, sagte Ginia, »es ist gar nichts.« Sie waren nun unter den Bäumen der Parks, auf der leeren Chaussee, wo es schien, als sei man außerhalb der Welt; man hörte nur das Glucksen im Straßengraben und hinter sich das jähe Losfahren irgendeiner Trambahn. Jetzt atmete man eine feuchte, freie Luft; es war nicht eigentlich kalt, es roch eher nach verfaulten Blättern. Amelia wurde allmählich munter, sie trotteten Arm in Arm über den Asphalt und lachten und sagten sich, man müsse verrückt sein, nicht einmal die Pärchen gingen bei solchem Wetter auf den Hügel.

Ein schönes Auto holte sie ein und begann, nachdem es vorbeigefahren war, die Fahrt zu verlangsamen. »Wenn wir das hätten!« sagte Amelia. Aus dem Auto streckte sich ein grauer Arm, der ihnen ein Zeichen machte. Als sie in Rufweite waren, sagte eine Stimme, die klang, als hätte der Mann ein Bonbon im Mund: »Mögen Sie mitfahren?« – »Wollen wir das Auto nehmen, Amelia?« wisperte Ginia lachend. »Na, weißt du«, sagte Amelia, »der fährt uns wer weiß wohin und läßt uns dann zu Fuß heimpilgern.«

Sie gingen weiter, und jener Mann folgte ihnen im Schritt, redete dummes Zeug und hupte. »Ich steige ein«, sagte Amelia, »entschuldige, aber es ist immer noch besser, als daß man sich die Schuhe verdirbt.«

»Kommt die kleine Blonde nicht auch?« sagte der Betreffende, als er heraussprang. Er war ein Mann um die Vierzig, äußerst mager.

Da nahmen sie Platz, Amelia in der Mitte und Ginia gegen die Tür gepreßt. Der magere Herr klemmte sich hinter das Steuer und schlang, um nur einmal anzufangen, den Arm um Amelias Schulter. Als Ginia jene knochige, dunkle Hand nahe an ihrem Ohr bemerkte, dachte sie: ›Wenn sie mich berührt, beiße ich zu!‹ Doch sie fuhren sogleich los, der Herr – er hatte an der Schläfe eine häßliche Narbe – konzentrierte sich auf die Straße, und Ginia, die Wange ans Fenster gelehnt, dachte, wie schön es sein müßte, immer so zu reisen in den acht Tagen, da Guido nicht da war.

Es nahm jedoch sofort ein Ende. Das Auto fuhr langsam

auf den freien Platz und hielt. Hier waren nicht mehr jene schönen grünen Bäume, sondern eine Leere voller Nebel und Telegrafendrähte. Der Hügelrücken sah aus, als wäre er ein kahler Berg.
»Wollt ihr hier aussteigen?« fragte der Herr, ohne das Bonbon aus dem Mund zu nehmen, und drehte sich zu ihnen hin.
Da aber sagte Ginia: »Geht ihr nur ins Café. Ich laufe zu Fuß zurück.«
Amelia warf ihr einen bösen Blick zu. »Das ist verrückt«, sagte der Herr. »Ich laufe zu Fuß zurück«, sagte Ginia. »Ihr seid zu zweit und seid euch genug.«
»Du dummes Ding«, flüsterte ihr Amelia zu, als sie ausstiegen, »kapierst du nicht, daß der nicht redet, sondern zahlt?« Aber Ginia ging um das Auto herum und rief: »Dank für alles. Bringen Sie meine Freundin nach Hause.«
Als sie auf die Straße gelangt war, horchte sie in der Stille des Nebels einen Augenblick, ob der Motor wieder ansprang. Dann lachte sie vor sich hin und begann den Abstieg. ›O Guido, auf die Art verzeihst du mir‹, dachte sie und betrachtete die Höhen, schnupperte die Kühle und das Land. Auch Guido war mitten im offenen Land, in seinen Hügeln. Vielleicht war er zu Hause, beim Feuer, und rauchte eine Zigarette, wie er es im Atelier tat, um sich zu wärmen. Da blieb Ginia stehen, denn sie sah den Winkel hinter dem Vorhang vor sich, so warm und dunkel, als wäre sie darin. »O Guido, komm zurück«, sagte sie und ballte die Fäuste in den Taschen.
Sie kam sehr früh zu Hause an; das noch feuchte Haar, die beschmutzten Schuhe und die Müdigkeit hielten ihre Gedanken noch bei dem Spaziergang fest. Sie zog die Schuhe aus, streckte sich auf das warme Bett und plauderte mit Guido. Sie dachte an das schöne Auto, freute sich für

Amelia und stellte sich sogar vor, daß sie jenen Herrn schon von früher kenne.
Als Severino zurückkam, sagte sie zu ihm, sie sei es leid, im Schneideratelier zu arbeiten.
»Dann wechsle die Stelle«, sagte er friedlich. »Aber laß nicht mehr die Mahlzeiten ausfallen. Halte die Zeit ein bißchen ordentlicher ein.«
»Es gibt so viel zu tun.«
»Mama sagte immer, du könntest genausogut zu Hause bleiben. Für das, was du verdienst.«
Ginia sprang vom Sofa auf. »Dieses Jahr sind wir nicht auf den Friedhof gegangen.«
»Ich bin hingegangen«, sagte Severino. »Rede dich nicht heraus. Du wußtest es ganz genau.«
Aber Ginia hatte das nur so hingesagt. Ohne das wenige, was sie verdiente, hätte sie nichts mehr anzuziehen gehabt und hätte sich zum Geschirrspülen nicht die Gummihandschuhe kaufen können, mit denen sie ihre Hände schonte. Und das Parfüm, den Hut, die Hautcreme, die Geschenke für Guido, für das alles hätte sie nichts mehr gehabt, und sie wäre eine Arbeiterin gewesen wie Rosa. Was ihr fehlte, war Zeit. Sie brauchte eine Arbeit, mit der sie am Vormittag fertig würde.
Andererseits hatte eine Beschäftigung ihr Gutes. Was hätte sie tun sollen in jenen Tagen ohne Guido, wenn sie hätte zu Hause bleiben oder den ganzen Tag umherbummeln müssen, wobei sie sich den Kopf mit Gedanken zerbrach? Nein, sie kehrte am nächsten Tag ins Schneideratelier zurück, und der Tag verging. Sie eilte heim, bereitete für Severino eine schöne Mahlzeit vor und beschloß, ihn alle diese Tage gut zu behandeln, denn hernach würde sie die Mahlzeiten wirklich überspringen.
Amelia ließ sich nicht blicken. Etliche Abende war Ginia nahe daran, auszugehen, doch sie erinnerte sich, daß sie

sich selbst versprochen hatte, es nicht zu tun, und hoffte, Amelia käme sie abholen. Einmal kam Rosa, die sich ein Kleid machen wollte, um ihr den Schnitt zu zeigen, und Ginia wußte beinahe nicht, was sie mit ihr reden sollte. Sie sprachen von Pino, aber Rosa sagte, sie habe jetzt einen anderen. Sie klagte jedoch, daß sie sich tödlich langweile, und behauptete: »Was willst du? Wenn man heiratet, ist man ja doch übel dran.«

Ginia merkte, daß das immerwährende Denken an Guido sie nicht mehr schlafen ließ, und manchmal war sie wütend, daß er nicht begriff, er müsse zurückkommen. ›Wer weiß, ob er Montag zurückkommt‹, dachte sie, ›kann sein, er kommt auch da noch nicht zurück.‹ Sie haßte besonders Luisa, die nur seine Schwester war und das Vergnügen hatte, ihn den ganzen Tag zu sehen. Es überfiel sie eine solche Qual, daß sie daran dachte, ins Atelier zu gehen und Rodrigues zu fragen, ob Guido sein Wort halte.

Aber sie ging ins Café und sah Amelia. »Wie ist es Sonntag gegangen?« fragte sie sie. Amelia rauchte; sie lächelte nicht einmal und sagte langsam: »Es ist gut gegangen.« – »Hat er dich nach Hause gebracht?« – »Sicher«, sagte Amelia.

Dann fragte sie: »Warum bist du ausgerissen?«

»War er beleidigt?«

»Ach was«, sagte Amelia und sah sie scharf an. »Er hat nur gesagt: ›Witzig, die Kleine.‹ Warum bist du ausgerissen?«

Ginia fühlte, wie sie rot wurde. »Ach, weißt du, er war so lächerlich mit diesem Bonbon.«

»Dummes Ding«, sagte Amelia.

»Und Rodrigues?«

»Der ist jetzt fort.« Sie gingen zusammen heim, und Amelia sagte zu ihr: »Heute abend komme ich dich besuchen.«

An jenem Abend sprach keine davon, auszugehen. Ginia

setzte sich, als das Geschirr fertig gespült war, auf den Rand des Sofas, auf dem sich Amelia langgestreckt hatte.

So blieben sie eine Weile, ohne zu sprechen; dann flüsterte Amelia mit ihrer rauhen Stimme: »Witzig, die Kleine.« Ginia schüttelte den Kopf und blickte nach der anderen Seite. Amelia streckte den Arm aus und berührte ihr Haar. »Laß mich in Ruhe«, sagte Ginia. Mit einem schweren Seufzer stützte sich Amelia auf den Ellenbogen.

»Ich bin in dich verliebt«, sagte sie rauh. Da sah Ginia schnell nach ihr hin. »Aber ich kann dir keinen Kuß geben. Ich habe Syphilis.«

## XIII

»Weißt du, was das ist?«

Ginia winkte mit den Augen ein Ja, ohne etwas zu sagen.

»Aber ich habe es nicht gewußt.«

»Wer hat es dir gesagt?«

»Hörst du nicht, wie ich spreche?« fragte Amelia wie abgewürgt.

»Das ist doch, weil du rauchst.«

»Das glaubte ich auch«, sagte Amelia. »Aber dein braver Mann vom Sonntag war ein Arzt. Sieh her.« Sie machte die Bluse auf und holte eine Brust heraus. Ginia sagte zu ihr: »Ich glaube nicht daran.«

Amelia hob den Blick, die Brust zwischen den Fingern, und sah sie an. »Dann küsse mich hier drauf«, sagte sie langsam, »hier, wo die Entzündung ist.« Einen Augenblick starrten sie einander an; dann schloß Ginia die Augen und beugte sich über die Brust.

»Oh, nein«, sagte Amelia. »Ich – ich habe dich schon einmal geküßt.«
Ginia merkte, daß sie ganz naßgeschwitzt war, sie lächelte töricht und wurde feuerrot. Amelia betrachtete sie, ohne ein Wort zu sprechen.
»Da siehst du, daß du dumm bist«, sagte sie schließlich, »gerade jetzt magst du mich gern, wo du in Guido verliebt bist und wo dir an mir nichts mehr liegt.« Sie knöpfte die Bluse mit ihrer mageren Hand wieder zu. »Sag ehrlich: es liegt dir ja doch nichts mehr an mir.«
Ginia wußte nichts darauf zu sagen, denn sie begriff selber nicht, was sie da hatte tun wollen. Aber daß Amelia sie ruppig behandelte, war ihr ganz recht, denn jetzt verstand sie, was alles das war: das Aktstehen, das Modellsitzen und ihre Reden. Sie ließ es zu, daß Amelia sich im Sprechen Luft machte, und es war ihr die ganze Zeit übel wie damals, wenn sie als kleines Mädchen badete und sich auf dem Stuhl neben dem Ofen auszog.
Doch als Amelia sagte, die Krankheit erkenne man am Blut, erschrak Ginia.
»Wie machen sie das?« fragte sie.
Wenn Amelia erzählte, war sie weniger verzweifelt, als wenn sie still war. Sie sagte ihr, man hole mit der Nadel schwarzes Blut aus dem Arm. Sie sagte, man müsse sich ausziehen und länger als eine halbe Stunde im Kalten bleiben. Der Arzt sei immer wütend und drohe, sie ins Krankenhaus zu sperren.
»Das kann er nicht«, sagte Ginia.
»Du bist noch jung«, sagte Amelia. »Selbst ins Gefängnis kann er mich stecken, wenn er will. Du weißt nicht, was das ist: Syphilis.«
»Aber woher hast du sie gekriegt?«
Amelia sah sie schief an. »Man kriegt sie, wenn man sich mit jemandem vergnügt.«

»Dann muß einer von beiden sie haben.«
»Natürlich«, sagte Amelia.
Da dachte Ginia an Guido und wurde so bleich, daß sie nichts mehr sagte. Amelia hatte sich aufgesetzt und hielt unter der Bluse die Brust mit der Hand fest. Sie sah starr irgendwohin; und so, ohne Schleier, verzweifelt, wurde deutlich, daß sie nicht mehr dieselbe wie früher war. Von Zeit zu Zeit preßte sie die Zähne aufeinander und zeigte das Zahnfleisch. Nicht einmal das Parfüm, das sie an sich hatte, vermochte sie zu beruhigen.
»Du hättest Rodrigues sehen sollen«, sagte sie plötzlich mit jener Stimme. »Ausgerechnet er, der sagte, man werde blind und sterbe an Geschwüren. Er wurde weiß bis an den Hals.« Amelia zog eine Grimasse, als speie sie aus. »So geht es immer. Er hat nichts.«
Ginia fragte so rasch, ob er wirklich sicher sei, daß Amelia innehielt. »Nein, sei ruhig, sie haben ihm das Blut abgenommen. Unleidliche Leute haben eine harte Haut. Hast du Angst wegen Guido?«
Ginia versuchte zu lächeln; ihre Augenlider flatterten. Amelia war still, eine Ewigkeit still, dann sagte sie kurz: »Guido hat mich nie angerührt, du kannst ruhig sein.«
Da war Ginia glücklich. Sie war so glücklich, daß sie Amelia eine Hand auf die Schulter legte. Amelia zog eine Grimasse. »Hast du nicht Angst, mich zu berühren?« sagte sie. »Aber wir vergnügen uns ja nicht miteinander«, stammelte Ginia.
Ihr Herzklopfen beruhigte sich allmählich, während Amelia von Guido sprach. Sie sagte ihr, daß sie sich mit Guido niemals geküßt habe, nie, denn man könnte sich ja nicht mit allen vergnügen; Guido gefalle ihr, aber wieso er auch ihr gefalle, verstehe sie nicht, sie seien doch beide blond. Ginia spürte, wie ihr wieder warm wurde, und sie genoß es, ganz glücklich.

»Aber wenn Rodrigues nichts hat«, sagte sie, »heißt das, daß du auch nichts hast. Sie haben sich getäuscht.«
Da sah Amelia sie von unten herauf an. »Was glaubtest du denn? Daß er mir das angehängt hätte?«
»Ich weiß nicht«, sagte Ginia.
»Der hat mehr Angst als ein Kind«, sagte Amelia obenhin. »Er nicht. Aber der Herr straft. Die, die mir das Geschenk gemacht hat, ist schlimmer dran als ich. Sie weiß es noch nicht, und ich lasse sie getrost blind werden.«
»Es ist eine Frau?« fragte Ginia leise.
»Es ist mehr als zwei Monate her. Dieses Zeichen ist ein Geschenk von ihr«, und sie berührte die Bluse.
Den ganzen Abend suchte Ginia sie zu trösten, aber sie achtete darauf, daß Amelia sie nicht anrührte. Wohler wurde ihr bei dem Gedanken, daß sie nicht mehr Arm in Arm gegangen waren, und im übrigen sagte ihr Amelia auch, um sich anzustecken, müsse man eine Wunde haben, denn die Infektion sei im Blut. Und dann war Ginia sicher – doch davon wagte sie nicht zu sprechen –, daß jene Dinge geschähen, wenn man so sündige wie Amelia. Aber hierbei hörte sie zu denken auf, denn da müßten wir alle krank sein.
Sie sagte ihr jedoch, als sie die Treppen hinuntergingen, sie dürfe sich an jener Frau nicht rächen: wenn sie es nicht wisse, habe sie auch keine Schuld. Aber Amelia blieb auf der Stufe stehen und unterbrach sie: »Dann soll ich ihr wohl einen Blumenstrauß schicken?« Sie machten aus, sie würden sich am nächsten Tag im Café treffen, und Ginia sah ihr mit klopfendem Herzen nach.
Aber am nächsten Tag hatte Ginia kein Herzklopfen mehr. Sie verließ das Haus eine Stunde früher, als die Straßenlampen noch nicht brannten, und eilte ins Atelier. Sie wagte nicht sogleich hinaufzusteigen, weil Rodrigues schlief, und spazierte dort unten in der Kälte eine Zeitlang

umher, weil sie glaubte, er räkele sich ja doch noch im Bett herum. Doch dann stieg sie, am ganzen Leibe zitternd, hinauf und klopfte an die Tür.
Sie fand Rodrigues im Pyjama, er sah sie mit seinen trüben Augen an, dann hüpfte er durch das Zimmer und setzte sich wieder auf die Bettkante. Alles war schmutzig und grell erleuchtet wie immer, und Ginia begann zu stammeln, und Rodrigues kratzte sich die Schienbeine, bis sie ihn rundheraus fragte, ob er zum Arzt gegangen sei. Nun sagten sie gemeinsam alles mögliche Schlechte über Amelia, und Ginia zitterte mit einemmal die Stimme; inzwischen blickte sie beiseite, um seine häßlichen Füße nicht sehen zu müssen.
Dann sagte Rodrigues: »Ich gehe wieder ins Bett, es ist kalt«, und drehte sich um und zog die Decken über sich.
Als Ginia ihm zitternd sagte, Amelia habe sie geküßt, begann er zu lachen – er stützte sich in dem dämmerigen Licht auf den Ellbogen – und sagte: »Da sind wir Kollegen. Nur einen Kuß?«
»Ja«, sagte Ginia, »ist das gefährlich?« – »Was für einen Kuß?«
Ginia begriff nicht. Da erklärte er es ihr, und Ginia schwor, es sei ein Kuß unter Mädchen gewesen.
»Blödsinn«, sagte Rodrigues. »Da kannst du ruhig sein.«
Ginia stand vor dem Vorhang, und auf dem Tisch sah sie ein schmutziges Glas und Apfelsinenschalen. »Wann kommt Guido zurück?« fragte sie.
»Montag«, sagte Rodrigues. »Siehst du das dort? Das ist ein Stilleben«, und er wies auf das Glas.
Ginia lächelte und trat näher. »Setz dich, Ginia. Setz dich hierher aufs Bett.«
»Ich muß fort«, sagte Ginia, »ich arbeite.«
Aber Rodrigues beklagte sich, daß sie ihn geweckt habe

und ihm jetzt nicht einmal guten Tag sage. »Um die überstandene Gefahr zu feiern«, sagte er.
Da setzte sich Ginia auf den Bettrand; der Vorhang war weit geöffnet. »Ich mache mir Sorgen um Amelia«, sagte sie. »Die Ärmste! Sie ist verzweifelt. Wird man wirklich blind?«
»Aber nein«, sagte Rodrigues, »man wird geheilt. Sie werden ihr überall das Fell durchlöchern, werden ihr ein paar Stücke Haut herausschneiden, und du wirst sehen: dieser Doktor nimmt sie noch mit sich ins Bett. Glaube mir.«
Ginia gab sich Mühe, nicht zu lächeln, und Rodrigues fuhr fort: »Hat er euch auf den Hügel mitgenommen?« und strich ihr beim Reden zärtlich über die Hand, als wäre sie der Rücken einer Katze.
»Was für kalte Hände«, sagte er noch. »Warum kommst du nicht und wärmst sie dir?«
Ginia ließ es zu, daß er sie auf den Hals küßte, sagte: »Seien Sie vernünftig«, erhob sich dann mit ganz rotem Gesicht und lief davon.

## XIV

Am Abend kam auch Rodrigues ins Café und setzte sich an den Nachbartisch, neben Ginia.
»Wie geht's mit der Stimme?« fragte er, nicht ernsthaft, aber auch nicht lachend.
Gerade da suchte Ginia Amelia zu trösten, indem sie ihr auseinandersetzte, man werde geheilt, und war froh, daß sie still sein konnte. Sie und Rodrigues sahen einander kaum an.
Auch Amelia war still, und sie selber dachte schon daran, nach der Zeit zu fragen, als Rodrigues spottend sagte:

»Wie tüchtig, du verführst mir also auch die Minderjährigen.«
Amelia begriff nicht sofort, und Ginia hatte Zeit, die Augen zu schließen. Als sie sie wieder aufmachte, sagte Amelia gerade mit grollender Stimme: »Was hat dir dieses dumme Ding erzählt?«
Aber Rodrigues hatte Mitleid, denn er sagte: »Sie ist heute früh zu mir gekommen und hat mich geweckt, um von mir zu erfahren, was du machst.«
»Sie hat eine Menge Zeit«, sagte Amelia.
Ginia gab sich Mühe, in jenen Tagen sehr gut zu sein, damit Guido wirklich wiederkäme, und suchte auch Rodrigues auf. Nicht mehr im Atelier, denn die Erinnerung schreckte sie, und dann war Rodrigues ein Langschläfer, sondern mittags in der Trattoria, in der er aß; auch Guido würde dort essen. Die Trattoria lag am Wege, wo die Tram fuhr, und sie ging einen Augenblick hinein, um ein bißchen Spaß zu haben und zu hören, ob es etwas Neues gebe. Sie machte es wie Amelia und foppte ihn. Aber Rodrigues hatte sie verstanden und erlaubte sich keine Übergriffe mehr. Sie besprachen, sie solle am Sonntag wieder ins Atelier kommen, um für Guido alles ein bißchen zu säubern. »Wir Syphilitiker«, sagte Rodrigues, »haben vor nichts Angst.«
Amelia aber ging nicht mehr hin. Ginia war den Samstagnachmittag über mit ihr zusammen und begleitete sie zu dem Doktor, der ihr die Injektionen machte. An der Tür blieben sie zögernd stehen, und schließlich sagte Amelia: »Komm nicht mit hinauf, sonst findet er auch noch an dir etwas Schlimmes«, und sprang flink auf die Stufe und rief noch: »Ciao, Ginia«, so daß Ginia, so vergnügt sie zuvor war, nun verzweifelt heimging. Nicht einmal der Gedanke, daß am nächsten Tage Guido da sein würde, vermochte sie zu trösten.

Auch der Sonntag verging wie im Traum. Ginia blieb den ganzen Nachmittag im Atelier und fegte, wischte auf, brachte alles in Ordnung. Rodrigues machte gar nicht den Versuch, ihr lästig zu werden. Er half ihr, Berge von Tüten und Schalen wegzubringen. Dann schlugen sie den Staub aus den Büchern vom Kamin und stellten sie wie eine Bibliothek auf eine Kiste. Als sie die Pinsel wuschen, hielt Ginia einen Augenblick entzückt inne: der Terpentingeruch brachte ihr Guido so nahe, als stehe er neben ihr. Sie lächelte, weil Rodrigues das nicht verstand.

»Er hat Glück, der Schweinekerl«, sagte Rodrigues, als Ginia fertig war und mit dem Handtuch hinter dem Vorhang hervorkam. »Das hätte er nie erwartet.«

Dann holte er den Tee an den Ofen, und sie besahen Mappen von Guido, die sie unter den Büchern gefunden hatten; aber Ginia war enttäuscht, denn es waren nur Landschaften und der Kopf eines alten Mannes darin. »Warte, warte«, sagte Rodrigues, »ich weiß, was du suchst.«

Nach einer Weile kamen die Zeichnungen von Frauen. Sie sahen wie Modebilder aus. Ginia betrachtete sie belustigt, denn es war die Mode von vor zwei Jahren. Dann erschienen Aktzeichnungen. Dann erschienen nackte Männer, und Ginia wendete die Blätter rasch um, weil Rodrigues, der an der Wand lehnte, sich vorbeugte. Endlich kam wieder eine bekleidete Frau, ein Mädchen mit einem eckigen, ländlichen Gesicht, nur Kopf und Schultern. »Wer ist das?« fragte Ginia.

»Es wird seine Schwester sein«, sagte Rodrigues. – »Luisa?«

»Das weiß ich nicht.«

Ginia betrachtete die großen Augen, den feinen Mund ganz genau. Sie sah niemandem ähnlich. »Sie ist schön«, sagte sie. »Sie sieht nicht so verschlafen aus, wie ihr Maler es gern macht.«

»Das spricht für ihn«, sagte Rodrigues, »ich habe damit nichts zu tun.«
Ginia war so froh, daß sogar Rodrigues sie hätte küssen dürfen, wenn er es gewollt hätte. Aber er hockte melancholisch auf dem Sofa; wäre nicht durch die Scheiben noch ein wenig Licht hereingefallen, so hätte Ginia sich vorstellen können, sie habe Guido neben sich, und hätte ihn gestreichelt. Sie schloß die Augen, um darüber nachzudenken.
»Wie ist das schön!« sagte sie laut.
Dann fragte sie Rodrigues noch einmal, ob er nicht die genaue Zeit für morgen wisse. Aber Rodrigues erwiderte, Guido komme womöglich mit dem Rad zurück. Dann sprachen sie von Guidos ländlichem Zuhause, und Rodrigues beschrieb ihr diese Orte, ohne je dort gewesen zu sein, zum Spaß so, als gäbe es da nichts als Schweine- und Hühnerställe und Straßen – in dieser Jahreszeit so ohne Grund und Boden, daß man vielleicht gar nicht fort konnte. Da schmollte Ginia mit ihm und sagte, er solle aufhören.
Sie gingen zusammen hinaus, und Rodrigues versprach, er werde keine Asche mehr verschütten. »Ich werde heute nacht auf einer Bank schlafen. Recht so?« Lachend traten sie aus dem Haustor, und Ginia nahm die Tram und dachte dabei an Amelia, an jene Mädchen auf den Zeichnungen, und verglich sich im Geist mit ihnen. Ihr schien, es sei erst gestern gewesen, daß sie auf den Hügel gegangen waren; und jetzt kam Guido zurück.
Am nächsten Tag wachte sie ganz benommen auf. Im Nu war es Mittag. Sie hatte mit Rodrigues ausgemacht, sie würden sich, wenn Guido käme, im Café treffen. Auf Zehenspitzen ging sie vor das Café und sah die beiden durch die Scheibe hindurch an der Theke. Im Regenmantel wirkte Guido mager, er stützte den Fuß auf die Stange.

Allein hätte Ginia ihn nicht erkannt. Unter dem offenen Regenmantel trug er einen grauen Schlips, nicht den ihren. So in Zivil sah Guido gar nicht mehr wie ein junger Mann aus.

Sie redeten, er und Rodrigues, und lachten. Ginia dachte: ›Wäre doch Amelia da! Ich würde so tun, als ginge ich zu ihr.‹ Damit sie den Mut aufbrächte, einzutreten, mußte sie daran denken, daß sie ihm das Atelier saubergemacht hatte.

Sie war noch in der Eingangstür, als Guido sie sah, und da ging sie auf ihn zu, als wäre sie ganz zufällig hereingekommen. Nie hatte sie vor Guido soviel Scheu gehabt wie in diesem Augenblick. Zwischen all den Menschen, die kamen und gingen, streckte Guido ihr die Hand hin, wobei er zu Rodrigues gewandt weitersprach.

Sie sagten fast nichts zueinander. Guido war eiliger als sie, weil jemand ihn erwartete. Er ermutigte sie mit einem Lächeln, fragte: »Geht es dir gut?« und rief ihr an der Tür noch zu: »Auf Wiedersehen!«

Ginia ging, töricht lächelnd, zur Trambahn. Da wurde sie beim Arm genommen, und eine Stimme, Guidos Stimme, sagte ihr ins Ohr: »Ginetta!«

Sie blieben stehen, und Ginia hatte Tränen in den Augen. »Wohin wolltest du gehen?« fragte Guido. »Nach Hause.« – »Ohne mir guten Tag zu sagen?« Und Guido preßte ihren Arm und sah sie mit diesen Augen an. »Oh, Guido«, sagte Ginia, »ich habe nichts getan, als auf dich gewartet.«

Sie kehrten auf den Fußsteig zurück, ohne ein Wort zu sprechen; dann sagte Guido: »Jetzt geh nach Hause, und wenn du mich besuchen kommst, bitte ich mir aus, daß du nicht weinst.«

»Heute abend?«

»Heute abend.«

An jenem Abend wusch sich Ginia, bevor sie ausging, ganz besonders für Guido. Die Knie wurden ihr weich, wenn sie daran dachte. Mit tausend Ängsten stieg sie die Treppe hinauf. Als sie an die Tür kam, horchte sie: es war Licht, aber niemand sprach. Da hustete sie, wie sie es schon einmal getan hatte; doch niemand regte sich, und Ginia entschloß sich, anzuklopfen.

## XV

Guido machte ihr lachend auf, und eine Mädchenstimme fragte im Hintergrund: »Wer ist es?« Guido streckte ihr die Hand entgegen und sagte, sie solle hereinkommen.
In dem bleichen Licht, mit dem Rücken zum Vorhang, zog ein Mädchen den Regenmantel an. Sie hatte keinen Hut und betrachtete sie so von oben herab, als sei sie hier die Herrin.
»Das ist eine Kollegin«, sagte Guido. »Es ist nur Ginia.«
Die andere ging ans Fenster, um sich in der dunklen Scheibe zu spiegeln, und biß sich dabei auf die Lippe. Das Mädchen hatte einen Gang wie Amelia. Ginia sah von ihr zu Guido.
»Also, Ginia«, sagte Guido.
Schließlich ging das Mädchen fort, nicht ohne sie ein letztes Mal von der Tür her zu mustern. Die Tür schlug zu, ihre Schritte entfernten sich.
»Es ist ein Modell«, sagte Guido.
Jene Nacht blieben sie auf dem Sofa, das Licht brannte, und Ginia suchte sich nicht mehr zu verstecken. Sie hatten den Ofen an den Rand des Sofas getragen, aber es war trotzdem kalt, und Ginia mußte, nachdem Guido sie einen Augenblick angeschaut hatte, wieder unter die

Decken kriechen. Doch schöner als alles sonst war es, eng an ihn geschmiegt, zu denken: dies war wirklich die Liebe. Guido erhob sich, nackt wie er war, um Wein zu holen, und als er zurückkam, hüpfte er vor Kälte. Sie stellten die Gläser auf den kleinen Ofen, damit sie sich erwärmten, und Guido kam und roch nach Wein, aber Ginia mochte den warmen Duft der Haut lieber. Guido hatte auf der Brust lockige Haare, die ihr die Wange kitzelten, und wenn sie zu sehen waren, verglich Ginia jenes Blond mit dem ihren und empfand Scham und Freude zugleich. Sie sagte Guido ins Ohr, sie habe Angst, ihn anzuschauen, und Guido erwiderte, dann solle sie eben nicht hinschauen.

Als sie gerade unter der Decke umarmt lagen, sprachen sie über Amelia, und Ginia sagte, eine Frau sei von alledem die Ursache gewesen. »Sie hat es verdient«, sagte Guido da. »Sind das Späße, die man treiben soll?«

»Wie du nach Wein riechst«, sagte Ginia leise. »Das ist immer noch der beste Geruch, den man im Bett riechen kann«, erwiderte Guido; doch Ginia schloß ihm mit der Hand den Mund.

Dann löschten sie das Licht und lagen still. Ginia starrte an die Zimmerdecke, die in einem ungewissen Licht lag, und dachte an vielerlei, während Guidos Atem über sie hin ging. Durch die Scheiben sah man in der Ferne Lichter. Jener Geruch nach Wein und warmem Atem ließ sie an Guidos ländliches Zuhause denken. Dann dachte sie daran, ob Guido ihr so schmächtiger Körper wirklich gefiele, oder ob nicht auch er in Wirklichkeit Amelia vorgezogen hätte, die braun und schön war. Guido hatte sie, ohne ein Wort zu sprechen, überall geküßt.

Dann merkte sie, daß Guido schlief, und es schien ihr unmöglich, daß man schlafen könne, wenn man so umarmt läge; sie rückte ganz leise von ihm ab und fand eine kühle

Stelle, so kühl, daß sie unruhig wurde, denn sie spürte, sie war nackt und war allein. Wieder packte sie der Schauder und die Pein, wie wenn sie, als kleines Mädchen, sich wusch. Und sie fragte sich, warum Guido sich mit ihr vergnügte, und dachte an übermorgen, dachte an alle die Tage, die sie gewartet hatte; ihre Augen füllten sich mit Tränen, doch sie weinte leise, damit er sie nicht hörte.

Sie zogen sich im Dunkeln wieder an, und im Dunkeln fragte Ginia plötzlich, wer jenes Modell sei.

»Das ist ein armes Ding, man hat ihr gesagt, ich sei zurück.«

»Ist sie schön?« fragte Ginia.

»Hast du es nicht gesehen?«

»Aber wie ist es möglich, bei dieser Kälte Modell zu stehen?«

»Ihr Mädchen leidet nicht unter der Kälte«, sagte Guido. »Ihr seid dafür geschaffen, nackt zu sein.«

»Ich könnte es nicht«, sagte Ginia.

»Du warst es doch heute abend!«

Im Licht sah Guido sie lächelnd an. »Zufrieden?« fragte er sie. Sie setzten sich nebeneinander aufs Sofa, und Ginia legte den Kopf an seine Schulter, um ihm nicht in die Augen zu blicken. »Ich habe so große Angst«, sagte sie, »daß du mir nicht richtig gut bist.«

Dann machten sie Tee, und Guido saß und rauchte, während sie durch das Zimmer ging. »Mir scheint, du kannst hier alles tun, was du willst. Ich habe sogar Rodrigues für den ganzen Abend weggeschickt.«

»Kommt er bald wieder?« fragte Ginia.

»Er hat keinen Hausschlüssel. Ich muß ihn unten hereinlassen.«

So sagten sie einander am Haustor Lebewohl, denn Ginia wollte Rodrigues nicht sehen. Sie fuhr mit der Tram nach

Hause zurück, ganz matt, ohne weiter an etwas zu denken.

So begann für sie ihr wahres Leben in der Liebe, denn nun, da Guido und sie einander nackt gesehen hatten, erschien ihr alles ganz anders. Jetzt, o ja, jetzt war sie so gut wie verheiratet, und auch wenn sie allein war, brauchte sie nur daran zu denken, wie seine Augen sie angeschaut hatten, um sich nicht mehr allein zu fühlen. ›Verheiratet sein, das bedeutet eben dies.‹ Wer weiß, vielleicht hatte die Mama es gemacht wie sie beide. Aber es schien ihr unmöglich, daß andere auf der Welt jenen Mut gehabt hätten. Keine Frau, kein Mädchen konnte einen Mann nackt gesehen haben, wie sie Guido sah. Etwas Ähnliches kann nicht zweimal geschehen.

Doch Ginia war nicht dumm, und sie wußte, daß alle Mädchen das behaupten. Auch Rosa damals, als sie sich umbringen wollte. Anders daran war nur, daß Rosa sich in den Wiesen vergnügte und nicht wußte, wie schon es war, mit Guido zusammen zu sein und zu schwatzen.

Und doch würde es mit Guido auch in den Wiesen schön sein. Ginia dachte immerzu daran. Sie verwünschte den Schnee und die große Kälte, die das alles verhinderten, und dachte, betäubt von der Lust, an den nächsten Sommer, wenn sie auf den Hügel gehen, nachts umherspazieren, die Fenster öffnen würden. Guido hatte ihr gesagt: »Auf dem Land mußt du mich sehen! Nur da male ich. Kein Mädchen ist so schön wie ein Hügel.« Ginia war froh, daß Guido nicht das Modell genommen hatte, sondern ein Bild malen wollte, das rund um ein Zimmer reichen sollte, so etwas wie eine Öffnung in der Wand, und man sähe überall Hügel und klaren Himmel. Er mühte sich darum, seit er Soldat war, und jetzt machte er sich den ganzen Tag mit Papierstreifen zu tun und fuhr mit dem Pinsel darüber, was alles noch nichts zu bedeuten hatte, es waren nur Proben. Eines Tages sagte er zu Ginia: »Ich kenne dich noch nicht gut genug, um ein Bild von dir zu machen. Warten wir noch!«

Rodrigues sah man fast nie, weil er vor dem Essen, wenn Ginia ins Atelier kam, schon draußen war, im Café. Es kamen aber andere, um den Abend mit Guido zu verbringen – auch Frauen, denn Ginia sah einmal einen Zigarettenstummel mit Spuren von Lippenstift –, und damals sagte sie, um ihm eine Freude zu machen, sie habe Angst, ihn zu stören, und sie empfinde vor jenen Menschen Scheu. Sie schlug Guido vor, er solle die Tür offenlassen, wenn er allein sei und Lust habe, sie zu sehen. »Ich möchte es immer, Guido«, sagte sie, »aber ich begreife, daß du dein Leben hast. Ich will, daß wir, wenn wir uns sehen, allein sind: ich darf dir nie zuwider werden.« Ihm so etwas zu sagen, verursachte Ginia eine so heftige Freude, wie wenn sie einander umarmten. Doch das erstemal, als sie die Tür geschlossen fand, konnte sie sich nicht halten und klopfte; das Herz flatterte ihr.

Amelia kam manchmal nach dem Mittagessen zu ihr, mit einem gelangweilten Gesicht und Schatten unter den Augen. Sie gingen sogleich aus, weil Ginia ihr nicht Zeit lassen wollte, sich aufs Bett zu setzen, und bummelten bis drei Uhr umher. Ohne jede Rücksicht trat Amelia in eine Bar und trank einen Kaffee, wobei sie den Fleck vom Lippenstift auf der Tasse zurückließ. Sie nahm viel Rot, um nicht zu bleich zu sein. Als Ginia ihr sagte, so könne sie die Tassen infizieren, zuckte sie die Achseln und erwiderte: »Mögen sie sie abwaschen. Was glaubst du wohl – die Welt ist voll von solchen Leuten, wie ich es bin. Der einzige Unterschied ist der, daß sie es nicht wissen.«

»Aber es geht dir besser«, sagte Ginia. »Du hast eine klarere Stimme.«

»Meinst du?« sagte Amelia.

Von anderem sprachen sie nicht, und Ginia, die sie so viel zu fragen gehabt hätte, wagte es nicht. Das einzige Mal, als sie Rodrigues erwähnte, zog Amelia eine Grimasse und sagte: »Laß sie laufen, die beiden.«

Doch eines Abends fiel sie ihr ins Haus und fragte: »Gehst du heute abend zu Guido?«

»Ich weiß nicht«, sagte Ginia, »ich glaube, er hat Besuch.«

»Und du tust ihm den Gefallen, ihn dabei nicht zu stören? Du dummes Ding! Solange du noch rot wirst, kriegst du nie etwas zustande.«

Während sie hingingen, sagte Ginia zu ihr, sie habe gemeint, sie habe sich mit Rodrigues verzankt. »Er ist immer das gleiche Schwein«, sagte Amelia. »Hat er es dir selber gesagt? Und dabei habe ich ihm geholfen, daß er mit heiler Haut davonkam.«

»Nein. Er sagt nur, es wäre eine Ausrede, die du erfunden hast, um dich mit jenem Arzt zu vergnügen.«

Amelia begann zu lachen; aber es klang unheilverkündend. Als sie am Haustor standen, blickte Ginia hinauf: das Fenster war erleuchtet; und sie geriet in Verzweiflung, denn sie hatte bis zu jenem Augenblick gehofft, Guido sei ausgegangen. »Es ist niemand da«, sagte sie noch. »Gehen wir nicht erst hinauf.« Aber Amelia trat entschlossen ins Haus.

Oben fanden sie Guido und Rodrigues; sie machten im Kamin Feuer. Als erste trat Amelia ein, dann Ginia, die ein Lächeln versuchte. »Wen sieht man da«, sagte Guido.

## XVI

Ginia fragte, ob sie störten, und Guido warf ihr einen so komischen Blick zu, daß sie bestürzt war. Neben dem Kamin lag ein Stoß Holz. Indes ging Amelia zum Sofa, setzte sich und sagte ganz ruhig, es sei kalt. »Das kommt aufs Blut an«, brummte Rodrigues am Kamin.

Ginia überlegte, wer wohl an diesem Abend käme, daß sie sogar Feuer im Kamin machten. Noch gestern lag das Holz nicht dort. Einen Augenblick sprach niemand ein Wort, und sie schämte sich über Amelias Unverfrorenheit. Als das Feuer aufgeflammt war, sagte Guido zu Rodrigues, ohne sich umzudrehen: »Es zieht noch immer.« Amelia lachte geradezu albern los, und auch Rodrigues zog eine lustige Grimasse. Dann erhob sich Guido und machte das Licht aus. Das Zimmer wurde ganz anders, voll tanzender Schatten.

»Wir bleiben die alten«, sagte Amelia vom Sofa her. »Wie man sich hier wohl fühlt!«

»Es fehlen nur die Kastanien«, sagte Guido. »Wein ist da.«

Da setzte Ginia, glücklich, den Hut ab und sagte zu allen, geröstete Kastanien verkaufe die Alte an der Ecke.

»Die muß Rodrigues holen«, sagte Amelia.

Doch Ginia rannte selbst die Treppen hinunter, denn sie war froh, daß sie nicht mehr gekränkt waren. Sie mußte in der Kälte ein Stück weiterlaufen, weil die Alte nicht da war, und während sie lief, überlegte sie sich, daß Amelia etwas Ähnliches für niemanden sonst tun würde. Als sie wieder ins Zimmer trat, war sie ganz außer Atem. In dem Zimmer mit den tanzenden Schatten saß Rodrigues unten auf das Sofa gekauert wie früher, zu Füßen Amelias, die sich langgestreckt hatte. Und Guido stand in dem rötlichen Schatten und redete und rauchte.

Sie hatten die Gläser schon gefüllt und schwatzten von Bildern. Guido sprach von dem Hügel, den er malen wollte; er hatte im Sinn, ihn darzustellen wie eine Frau, die dalag, die Brüste in der Sonne, und wollte ihm das würzige Fluidum geben, wie es Frauen an sich haben.
Rodrigues sagte: »Schon gemacht. Denk dir was anderes aus. Schon gemacht.«
Da ereiferten sie sich darüber, ob es stimme, daß dieses Gemälde schon gemacht sei, und aßen Kastanien und warfen die Schalen in den Kamin. Amelia warf sie auf den Boden. Einmal sagte Guido: »Aber nein, niemals haben zwei Leute je das gleiche gemacht. Ich nehme eine Frau und lege sie lang, als wäre sie ein Hügel in einem neutralen Himmel.«
»Symbolisches Gemälde. Dann mache die Frau und mache keinen Hügel«, sagte Rodrigues erbost.
Ginia merkte es erst gar nicht, aber plötzlich hatte Amelia sich erboten, für Guido Modell zu stehen, und Guido sagte nicht nein.
»Bei dieser Kälte?« fragte Ginia.
Sie gaben ihr nicht einmal eine Antwort und begannen zu diskutieren, wohin man in dem Fall das Sofa setzen solle, um Licht und Feuerwärme miteinander zu verbinden.
»Aber Amelia ist krank«, sagte Ginia.
Amelia fuhr hoch. »Na und? Meine Arbeit besteht darin, daß ich mich nicht bewege.«
»Es wird ein moralisches Bild werden«, sagte Rodrigues, »das moralischste Bild von der Welt.«
Sie lachten und sagten dazu allerlei, und Amelia, die aus Vorsicht nicht trank, verlangte schließlich auch ein Glas und erklärte, es genüge ja, wenn man es mit Wasser und Seife wasche. So halte sie es auch zu Hause, und sie erklärte Guido die Kur, die jener Doktor mit ihr mache, und sie scherzten über die Injektionen, und Amelia sagte, er

solle ruhig sein, ihre Haut sei gesund. Ginia fragte sie, um sich zu rächen, ob ihre Brust noch entzündet sei; da wurde Amelia wütend und erwiderte, sie habe schönere Brüste als sie. Guido sagte: »Laß uns sehen.« Alle schauten einander lachend an. Amelia knöpfte die Bluse auf, machte den Büstenhalter los und wies ihnen die Brüste – sie hielt sie in beiden Händen. Sie hatten das Licht angemacht, und Ginias Blick, der sich nur flüchtig hinwandte, blieb hängen an Amelias triumphierenden, bösen Augen.

»Sehen wir deine«, sagte Rodrigues.

Aber Ginia schüttelte verzweifelt den Kopf und senkte unter Guidos Blick die Augen. Es war eine ganze Weile still, und Guido sprach kein Wort.

»Los«, sagte Rodrigues, »trinken wir auf deine!«

Guido schwieg noch immer. Ginia wandte sich jäh nach dem Kamin und hörte, wie sie sagten: »Das dumme Ding!«

So ging Ginia am nächsten Tag ins Atelier, obwohl sie wußte, Amelia war mit Guido allein und stand Akt. Tagsüber war ihr manchmal zumute, als komme sie um. Immer sah sie Guidos Augen vor sich, wie sie unverwandt auf Amelia gerichtet waren. Sie hoffte nur, Rodrigues wäre da.

Am Nachmittag konnte sie ausgehen, um ein Kleid abzugeben. Sie eilte ins Atelier und fand die Tür geschlossen. Sie horchte – nichts rührte sich. Da ging sie ruhiger wieder hinunter.

Um sieben Uhr fand sie alle im Café. Guido trug ihren Schlips und spielte den schönen Mann, und Amelia hörte rauchend zu. Sie sagten zu ihr »Setz dich«, als sei sie ein kleines Mädchen. Sie sprachen von früher, und Amelia erzählte von ihren Malern.

»Und was erzählst du uns?« sagte Rodrigues Ginia ins Ohr.

Ginia sagte, ohne sich umzudrehen: »Lassen Sie es gut sein!«
Dann gingen sie zusammen ein Stück durch die Lauben, und sie fragte Guido, ob sie sich nach dem Abendessen sehen könnten. »Rodrigues ist da«, sagte Guido. Da sah Ginia ihn verzweifelt an. Sie machten aus, sie wollten sich einen Augenblick draußen treffen.
An jenem Abend schneite es; Guido schlug selber vor, ins Café hineinzugehen, um einen Punsch zu trinken. Sie tranken ihn an der Theke. Ginia klapperte vor Kälte; sie fragte ihn, wie Amelia es fertigbekomme, bei solcher Kälte Modell zu sitzen. »Der Kamin gibt Wärme«, sagte Guido, »und dann ist sie daran gewöhnt.«
»Ich würde es nicht aushalten«, sagte Ginia.
»Und wer verlangt von dir, daß du es aushältst?«
»O Guido«, sagte Ginia, »warum behandelst du mich so? Ich habe es gesagt, weil Amelia krank ist.«
Sie gingen gerade hinaus, und Guido hängte sich bei ihr ein. Der Schnee kam ihnen in den Mund, auf die Augen, überallhin. »Höre«, sagte Guido zu ihr, »das weiß ich. Und ich weiß auch, daß ihr einiges getrieben habt. Daran ist nichts Böses. Alle Mädchen küssen sich gern. Laß also jeden auf seine Art leben.«
»Aber da hat Rodrigues ...« sagte Ginia.
»Nein, sondern ihr seid alle gleich. Wenn du für Rodrigues sitzen willst – nur los, komm morgen. Ich frage dich auch nicht, was du den ganzen Tag tust.«
»Aber ich will ja gar nicht für Rodrigues sitzen.«
So verließen sie einander vor dem Haustor, und Ginia kehrte im Schnee nach Hause zurück; sie beneidete die Blinden, die um Almosen betteln und an nichts mehr denken.
Am nächsten Tag um zehn Uhr platzte sie ins Atelier. Sie sagte Guido an der Tür, sie habe sich den Tag freigenom-

men. »Es ist nur Ginia«, sagte Guido nach dem Zimmer hin.
Draußen auf den Dächern lag der Schnee. Amelia, nackt, saß auf dem Sofa, das der Länge nach vor den brennenden Kamin gestellt worden war, und zog die Schultern zusammen und bat dringend, man solle die Tür schließen.
»Du wolltest durchaus kommen, um uns zu sehen«, sagte Guido, während er an die Staffelei zurückkehrte. »Auf wen bist du eifersüchtig?«
Ginia zog ein finsteres Gesicht und kauerte sich neben das Feuer. Sie blickte Amelia nicht an und ging auch nicht zu Guido. Er kam, um neues Holz auf die Glut zu legen, und diese strahlte wirklich so viel Wärme aus, daß man nackt Modell stehen konnte. Als Guido an ihr vorüberging, gab er ihr mit der offenen Hand einen Klaps auf den Nacken, und während Ginia den Kopf beiseite bog, strich er Amelia leicht über das Knie – wie man eine Flamme berührt. Amelia, die, auf dem Rücken liegend, sich die Seite wärmte, wartete, bis Guido ans Fenster zurückgegangen war, und flüsterte dann rauh: »Bist du hergekommen, um mich zu sehen?«
»Ist Rodrigues ausgegangen?« fragte Ginia sie.
Guido sagte laut vom Fenster her: »Heb ein bißchen das Knie an.«
Da wagte Ginia sich umzudrehen und betrachtete Amelia mit Neid, und sie rückte vom Feuer ab, weil es zu stark strahlte. Guido warf von der Staffelei her immer wieder einmal einen Blick auf die beiden, einen raschen Blick, der dann auf das Blatt zurückkehrte.
Endlich sagte er: »Zieh dich an, ich bin fertig.« Amelia setzte sich auf und zog den Mantel über die Schultern. »Schon getan«, sagte sie lachend zu Ginia. Ginia ging langsam auf die Staffelei zu. Auf ein langes Papier hatte Guido mit Kohle Amelias Körperumriß gezeichnet. Es

waren sehr einfache, manchmal ineinandergeschlungene Linien. Es sah aus, als sei Amelia Wasser geworden und so auf das Papier übergegangen. »Gefällt es dir?« fragte Guido. Ginia nickte und suchte Amelia darin wiederzuerkennen. Guido lachte sich eins.
Da sagte Ginia mit klopfendem Herzen: »Zeichne auch mich.«
Guido blickte auf. »Du willst mir sitzen?« fragte er. »Dich ausziehen?«
Ginia sah nach Amelia hin und sagte: »Ja.«
»Hast du gehört? Ginia will Akt stehen«, sagte Guido laut.
Amelia antwortete mit einem Lachen. Sie sprang vom Sofa und lief, sich in den Mantel wickelnd, auf den Vorhang zu. »Zieh dich dort aus, am Feuer. Ich ziehe mich an.«
Ginia betrachtete ein letztes Mal den Schnee auf den Dächern und stammelte: »Soll ich wirklich?«
»Los«, sagte Guido. »Wir kennen uns ja.«
Da zog Ginia sich am Feuer aus, langsam, und ihr Herz klopfte so rasend, daß sie davon zitterte; im stillen war sie Amelia dankbar, daß sie sich dort hinten anzog und sie nicht sah. Guido nahm das Blatt von der Staffelei und befestigte darauf ein anderes. Ginia legte ihr Zeug Stück um Stück aufs Sofa. Guido kam, um das Feuer wieder anzufachen. »Rasch«, sagte er zu ihr, »sonst geht mir zuviel Holz drauf.« – »Nur Mut«, rief ihr Amelia hinter dem Vorhang zu.
Als Ginia nackt war, gingen Guidos helle Augen langsam über sie hin; er lächelte nicht. Er nahm sie bei der Hand und warf einen Zipfel der Decke auf den Boden. »Stell dich darauf und sieh nach dem Feuer«, sagte er. »Ich zeichne dich stehend.«
Ginia starrte in die Flammen und fragte sich, ob Amelia

schon herausgekommen sei. Sie spürte, wie ihr die Ausstrahlung des Feuers die Haut vergoldete und empfindlich traf. Da spähte sie, ohne den Hals zu bewegen, nach dem Schnee auf den Dächern.

»Bedecke dich nicht mit den Händen. Hebe sie hoch, als hieltest du einen Balkon«, rief Guidos Stimme.

## XVII

Ginia betrachtete lächelnd die Flamme. Ein Schauder lief ihr den Rücken hinab. Sie hörte den leichten Schritt Amelias und sah sie plötzlich neben Guido am Fenster, wie sie ihren Gürtel umlegte. Sie lächelte zu ihr hin, ohne sie anzusehen.

Aber sie hörte noch einen Schritt, neben dem Sofa. Sie wollte die Arme sinken lassen.

»Steh natürlich da!« rief Guido.

»Wie blaß du bist«, sagte Amelia. »Denk nicht dran.«

Da verstand Ginia plötzlich alles und war so erschreckt, daß sie sich nicht umzudrehen vermochte. Die ganze Zeit hindurch war Rodrigues hinter dem Vorhang gewesen, und jetzt stand er mitten im Zimmer und sah sie an. Sie meinte sogar seinen Atem zu spüren. Ganz benommen starrte sie in die Flamme und zitterte bis aufs Mark. Aber sie vermochte sich nicht umzudrehen.

Es folgte ein langes Schweigen. Der einzige, der die Hand regte, war Guido. »Ich friere«, stammelte Ginia fast ohne Stimme.

»Dreh dich um, nimm die Jacke und bedecke dich«, sagte Guido endlich.

»Die Ärmste«, sagte Amelia.

Da drehte Ginia sich plötzlich um, sah Rodrigues mit offenem Munde dastehen, packte ihr Zeug und bedeckte sich. Rodrigues, mit einem Knie auf das Sofa gestützt und vorgebeugt, schnappte »Oh« wie ein Fisch und schnitt ihr eine Grimasse. »Es ist nichts Schlimmes dabei«, sagte er mit seiner gewöhnlichen Stimme.

Während alle lachten und sie zu trösten suchten, rannte Ginia mit nackten Füßen zum Vorhang und zog sich dahinten verzweifelt an. Keiner folgte ihr. Ginia riß den Bund von ihrem Schlüpfer entzwei, damit es schneller ginge. Dann blieb sie im Dunkeln stehen, und es ekelte sie vor dem ungemachten Bett und seinen Tüchern. Alle da draußen waren still.

»Ginia«, sagte Amelia am Vorhang, »kann man herein?«

Ginia packte den Vorhang und gab keine Antwort.

»Laß sie in Ruhe«, hörte man Guido sagen, »sie ist ein dummes Ding.«

Da begann Ginia zu weinen, still vor sich hin, an den Vorhang geklammert. Sie weinte aus tiefstem Herzen wie damals in der Nacht, als Guido schlief. Ihr schien, sie habe bei Guido nie etwas anderes getan, als weinen. Und immer wieder hielt sie inne und fragte sich: ›Aber warum gehen sie nicht fort?‹ Ihre Schuhe und Strümpfe lagen noch neben dem Sofa.

Sie weinte schon eine Zeit und fühlte sich ganz betäubt, als sich der Vorhang öffnete und Rodrigues ihr barsch die Schuhe hinhielt. Ginia nahm sie ohne ein Wort entgegen, sie sah nur flüchtig sein Gesicht und das Atelier. In jenem Augenblick begriff sie, welche Dummheit sie begangen hatte, daß sie so erschreckt gewesen war: auch die anderen lachten jetzt nicht mehr. Sie merkte, daß Rodrigues noch vor dem Vorhang stand.

Da erfaßte sie eine tolle Angst, Guido könne kommen und sie mitleidlos ausschimpfen. ›Guido ist ein Bauer, er wird mich schlecht behandeln‹, dachte sie. ›Was habe ich getan,

daß ich nicht gelacht habe!‹ Sie zog ihre Strümpfe und Schuhe an.
Als sie herauskam, sah sie Rodrigues nicht an. Sie sah niemanden an. Sie bemerkte nur flüchtig Guidos Kopf hinter der Staffelei und den Schnee auf den Dächern. Amelia erhob sich lächelnd vom Sofa. Ginia griff vom Sofa ihren Mantel, nahm den Hut in die andere Hand, riß die Tür auf und stürmte los.
Als sie allein im Schnee war, schien ihr, sie sei noch immer nackt. Alle Straßen waren leer, und sie wußte nicht, wohin sie gehen sollte. So wenig machten die da oben sich aus ihr, daß sie nicht einmal erstaunt gewesen waren, sie um jene Stunde zu sehen. Sie vertrieb sich die Zeit mit dem Gedanken, daß der Sommer, auf den sie gehofft hatte, nie mehr kommen werde, denn jetzt war sie allein und würde nie mehr mit jemandem sprechen, sondern den ganzen Tag arbeiten: so würde die Signora Bice zufrieden sein. Einmal fiel ihr ein, daß Rodrigues die geringste Schuld hatte, denn er schlief immer bis Mittag, und die anderen hatten ihn geweckt: und natürlich hatte er dann hingeschaut. ›Hätte ich getan wie Amelia, so hätte ich sie alle verblüfft. Ich jedoch habe geweint.‹ Schon wenn sie daran dachte, kamen ihr wieder die Tränen.
Doch Ginia brachte es nicht fertig, wirklich zu verzweifeln. Sie begriff, sie selber war die Dumme gewesen. Den ganzen Morgen dachte sie daran, sich umzubringen oder sich wenigstens eine Lungenentzündung zu holen. So wären die da oben schuld gewesen und hätten Gewissensbisse. Aber sich so umzubringen, war nicht der Mühe wert. Sie selber hatte die Frau spielen wollen und es nicht zustande gebracht. Das war so, als wollte sie sich umbringen, weil sie ein Luxusgeschäft betreten hatte. Wenn man dumm ist, kehrt man eben nach Hause zu-

rück. ›Ich bin ein armes, unglückliches Ding‹, sagte sich Ginia, während sie so an den Mauern hinstrich.
An jenem Nachmittag machte es ihr geradezu Spaß, als Signora Bice, sobald sie sie zu Gesicht bekam, rief: »Was ihr Mädchen für ein Leben führt! Du hast ein Gesicht, als wärst du schwanger.« Sie sagte ihr, sie habe am Morgen Fieber gehabt, und war zufrieden: man sah doch wenigstens, daß sie litt! Aber als sie nach Hause kam, machte sie sich auf der Treppe mit ein wenig Puder zurecht, denn vor Severino schämte sie sich.
An jenem Abend wartete sie auf Rosa, wartete auf Amelia, wartete sogar auf Rodrigues, entschlossen, jedem, wer es auch sei, die Tür vor der Nase zuzuschlagen. Aber es kam niemand. Severino warf ihr, um sie zu ärgern, ein Paar zerrissene Strümpfe auf den Tisch und fragte, ob sie ihn ohne Strümpfe wolle laufen lassen. »Der Bursche, der dich heiratet, ist einmal übel dran«, sagte er zu ihr. »Wenn Mama noch da wäre, solltest du was erleben.« Ginia erwiderte lachend, mit rotgeweinten Augen, sie würde nicht heiraten, sondern sich umbringen. An jenem Abend spülte sie nicht das Geschirr. Statt dessen stellte sie sich vor die Tür und horchte. Dann ging sie durch die Küche, trat aber nicht ans Fenster, damit sie die beschneiten Dächer nicht sähe. In einer Tasche von Severino fand sie Zigaretten und begann eine zu rauchen. Sie merkte, es gelang ihr, und da warf sie sich aufs Sofa, atmend, als hätte sie Fieber, und sie beschloß, von morgen an zu rauchen.
Die Erleichterung, die Ginia in jenen Tagen empfand, daß sie sich nicht mehr bei allem so beeilen mußte, machte sie wütend, weil sie nun schon gelernt hatte, rasch fertig zu werden: es blieb ihr so viel Zeit zum Nachdenken. Rauchen genügte nicht, denn sie hätte sich gewünscht, daß jemand sie sähe, und jetzt kam nicht einmal mehr Rosa sie besuchen. Schrecklich war es am Abend, wenn Severino

fortging und Ginia auf irgend jemanden wartete und wartete, ohne daß sie sich entschließen konnte, auszugehen. Einmal empfand sie so etwas wie einen zärtlichen Schauder, als sie sich auszog, um ins Bett zu gehen; und da stellte sie sich vor den Spiegel, betrachtete sich ohne Scheu, hob die Arme über den Kopf und drehte sich mit klopfendem Herzen langsam um sich selbst. ›So. Wenn jetzt Guido hereinkäme – was würde er sagen?‹ fragte sie sich und wußte sehr wohl, daß Guido nicht im Traum an sie dachte. »Nicht einmal Lebewohl haben wir uns gesagt«, stammelte sie und lief rasch ins Bett, um nicht nackt zu weinen.

Unterwegs blieb Ginia manchmal stehen, weil sie plötzlich den Duft der Sommerabende verspürte und die Farben und die Geräusche und den Schatten der Platanen. Sie dachte daran mitten im Schmutz und im Schnee und blieb, fast erstickt vor Sehnsucht, an den Straßenecken stehen. ›Er kommt ganz sicher, der Sommer, Jahreszeiten gibt es immer‹, doch es schien ihr unwahrscheinlich gerade jetzt, da sie allein war. ›Ich bin alt, das ist es. Alles ist aus und vorbei.‹

Und eines Abends, als sie eilig nach Hause ging, begegnete sie am Haustor Amelia. Es war eine mürrische Begegnung, sie grüßten einander nicht, aber Ginia blieb stehen. Amelia, mit Schleier und allem sonst, spazierte wartend auf und ab. »Was tust du?« – »Ich warte auf Rosa«, sagte Amelia ganz rauh, und sie sahen einander an. Da zog Ginia ein Gesicht und entwischte, die Treppen hinauf.

»Was hast du heute abend?« sagte Severino beim Essen zu ihr. »Hast du einen Rüffel gekriegt?«

Als Ginia allein war, begann sie richtig zu verzweifeln. Sie weinte nicht einmal.

Sie lief wie eine Verrückte durch das Zimmer. Dann warf sie sich aufs Sofa.

Doch gerade an jenem Abend kam Amelia. Als Ginia ihr

öffnete, vermochte sie es kaum zu glauben. Aber Amelia kam wie gewöhnlich herein, fragte, ob Severino da sei, und setzte sich auf das Sofa.
Ginia dachte nicht daran, zu rauchen. Sie sprachen davon, was sie machten, langsam, nur um etwas zu sagen. Amelia hatte den Hut abgenommen und saß mit übereinandergeschlagenen Beinen da, und Ginia, die am Tisch lehnte, neben der heruntergezogenen Lampe, konnte ihr nicht ins Gesicht sehen. Sie sprachen von der großen Kälte, und Amelia sagte: »Wie mir heute früh kalt gewesen ist!«
»Bist du immer noch in Behandlung?« fragte Ginia.
»Warum? Bin ich verändert?«
»Ich weiß nicht«, sagte Ginia.
Amelia fragte, ob sie rauchen dürfe: auf dem Tisch lag das Päckchen.
»Ich rauche auch«, sagte Ginia.
Während sie sich die Zigaretten anbrannten, sagte Amelia: »Bist du mit der Sache fertig?«
Da wurde Ginia ganz rot und gab keine Antwort. Amelia betrachtete ihre Zigarette und sagte: »Das dachte ich mir.«
»Kommst du von dort?« stammelte Ginia.
»Das ist nicht wichtig«, sagte Amelia, schwang die Beine herunter und erhob sich. »Wollen wir ins Kino gehen?«
Sie rauchten die Zigarette zu Ende, und Amelia sagte lachend: »Du hast auf Rodrigues Eindruck gemacht. Er wollte wissen, ob du mir gefällst. Jetzt ist Guido auf ihn eifersüchtig.« Und während Ginia ein Lächeln versuchte, fuhr sie fort: »Ich freue mich: diesen Frühling bin ich geheilt. Der Arzt, du kennst ihn ja, sagt, er hätte mich gerade noch rechtzeitig erwischt. Höre, Ginia, im Kino gibt es nichts Besonderes.«
»Gehen wir, wohin du willst«, sagte Ginia, »du sollst mich führen.«

# Waltraud Anna Mitgutsch

## Die Züchtigung

Roman, 208 Seiten, gebunden, Schutzumschlag

Dieses Zeit- und Lebensgemälde dreier Generationen ist mehr als Erinnerung. Es ist ein erschütterndes Nachdenken über Sehnsüchte und unerfüllte Wünsche, über Liebe und Haß, über das, was Menschen sich gegenseitig antun.
Meisterhaft erzählt entwickelt dieses Buch eine unheimliche Kraft. Man wird hineingesogen in Lebensstationen, aus denen es kaum ein Entrinnen gibt und man selber ist mittendrin.

Mit grausamer Offenheit schaut Waltraud Anna Mitgutsch zurück. Sie folgt den Spuren ihrer Entwicklung bis in die Kindheit ihrer Mutter hinein, die als ungewolltes, ungeliebtes Bauernkind in einem österreichischen Dorf, nahe der tschechischen Grenze, aufwächst, voller Lebensangst, vom Vater geschlagen, von den Geschwistern tyrannisiert, verschlossen und eigenbrötlerisch.